中等职业教育机电技术应用专业规划教材

液压与气动技能训练

李乃夫　丛书主编

孙名楷　主　　编

王永润　副主编

电子工业出版社·

Publishing House of Electronics Industry

北京·BEIJING

内 容 简 介

本书是由电子工业出版社组织编写的中等职业教育机电技术应用专业规划教材之一，是与《液压与气动》相配套的实训教材。全书的主要内容包括与《液压与气动》相对应的七个实训项目，各实训项目后附有相关阅读材料以及实训报告册。七个实训项目为：液压泵的拆装、液压控制阀的拆装、液体流动状态的判定、液压基本回路组装、认识气源装置、汽缸的拆装和气动基本回路组装。

在本书的编写过程中，编者按照当前中等职业教育的大纲要求，根据当前职业教育教学改革和教材建设的总体目标，努力体现教学内容的先进性和前瞻性，在内容的编排上，突出职业教育重在实际应用的特点，而不拘泥于传统的理论研究。本书可作为中等职业教育机电技术应用专业教材，也可供工科其他相关专业（如数控设备维修、数控技术应用等）使用。

本书既是《液压与气动》的实训教材，又是补充阅读材料，可独立使用。

图书在版编目(CIP)数据

液压与气动技能训练 / 孙名楷主编. —北京：电子工业出版社，2009.2
中等职业教育机电技术应用专业规划教材
ISBN 978-7-121-07405-9

Ⅰ. 液… Ⅱ. 孙… Ⅲ. ①液压传动—专业学校—教学参考资料 ②气压传动—专业学校—教学参考资料
Ⅳ. TH137TH138

中国版本图书馆 CIP 数据核字（2008）第 144160 号

策划编辑：白 楠
责任编辑：李 影 张 凌　　　特约编辑：李印清
印　　刷：北京丰源印刷厂
装　　订：涿州市桃园装订有限公司
出版发行：电子工业出版社
　　　　　北京市海淀区万寿路 173 信箱　邮编　100036
开　　本：787×1 092　1/16　印张：5　字数：120 千字
印　　次：2009 年 2 月第 1 次印刷
印　　数：4 000 册　定价：9.00 元

前　　言

本书是《液压与气动》的配套实训教材，可作为中等职业学校机电技术应用专业的实训教材，也可供其他相关专业（如数控设备维修、数控技术应用等专业）的学生及工程技术人员使用。

本书共包括七个技能训练环节，实训 1 介绍液压泵的拆装；实训 2 介绍液压控制阀的拆装；实训 3 介绍液体流动状态的判定；实训 4 介绍液压基本回路组装；实训 5 讲述气源装置的组成；实训 6 介绍汽缸的拆装；实训 7 介绍气动基本回路组装。

建议课时分配如下：

实　训	1	2	3	4	5	6	7	机　动	总　计
方案 1	2	2	2	2	2	2	2	2	16
方案 2	4	2	2	4	2	2	2	2	20

在教学过程中，可根据实际情况进行调整。各实训环节中均配有相关的阅读材料，学生可在实训后自行阅读。

本书由孙名楷担任主编、王永润担任副主编。具体的编写情况如下：实训 5、实训 6、实训 7 及附录部分由孙名楷编写；实训 1、实训 2、实训 4 由王永润编写；实训 3 由孙名楷和王永润共同编写。

由于作者水平所限，加之时间仓促，书中疏漏和错误之处在所难免，欢迎广大读者提出宝贵意见。编者联系方式，孙名楷：mingkaisun@163.com。

为了方便教师教学，本书还配有教学指南、电子教案及习题答案（电子版），请有此需要的老师登录华信教育资源网（www.huaxin.edu.cn或 www.hxedu.com.cn）免费注册后再进行下载，在有问题时请在网站留言板留言或与电子工业出版社联系（E-mail:hxedu@phei.com.cn）。

编　者
2009 年 1 月

目　　录

实训 1 液压泵的拆装

1.1 实训准备

液压泵在液压系统中是动力元件，同学们必须要掌握好液压泵的结构及其性能特点，懂得根据系统需要选择适合的液压泵。

1.1.1 实训目的

（1）进一步理解常用液压泵的结构组成及工作原理。
（2）掌握常用液压泵的正确拆卸、装配及安装连接方法。
（3）掌握常用液压泵维修的基本方法。

1.1.2 实训用品

（1）实训用液压泵：外啮合齿轮泵 1 台、双作用叶片泵 1 台、轴向柱塞泵 1 台。
（2）工具：内六方扳手 2 套、固定扳手、螺丝刀、卡簧钳等。
（3）辅料：铜棒 、棉纱、煤油等。

1.1.3 实训要求

（1）实训前认真预习，掌握相关液压泵的工作原理，对其结构组成有一个基本的认识。
（2）针对不同的液压元件，利用相应工具，严格按照其拆卸、装配步骤进行，严禁违反操作规程进行私自拆卸、装配。
（3）实训中掌握常用液压泵的结构组成和工作原理及主要零件、组件特殊结构的作用。

1.2 实训内容

在实训老师的指导下，拆解各类液压泵，观察、了解各零件在液压泵中的作用，了解各种液压泵的工作原理，按照规定的步骤装配各类液压泵（为避免出现误装、反装、欠装等问题的出现，可在相应的位置做记号，或者用数码设备做好记录）。

1.2.1 齿轮泵

型号：CBG 系列高压齿轮泵（外啮合齿轮泵）。

1. 工作原理

如图 1.1 所示为外啮合齿轮泵的工作原理。在泵的壳体内有一对外啮合齿轮，齿轮两侧有端盖（图中未标示）罩住，壳体、端盖和齿轮的各个齿槽组成了许多密封工作腔。当齿轮按照图示方向旋转时，右侧吸油腔由于相互啮合的轮齿逐渐脱开，密封工作腔容积逐渐增大，形成部分真空，油箱中的油液被吸进来，将齿槽充满，并随着齿轮旋转，把油液带到左侧压油腔去。在压油区一侧，由于轮齿在这里逐渐进入啮合，密封工作腔容积不断减小，油液便被挤出去。吸油腔和压油腔是由相互啮合的轮齿以及泵体分隔开的。

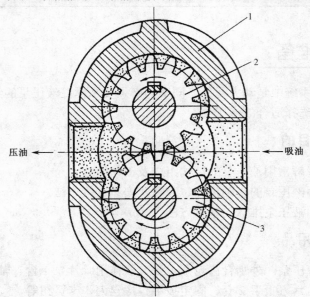

1—泵体；2—主动齿轮；3—从动齿轮

图 1.1　外啮合齿轮泵工作原理图

2. 结构组成

泵体的结构如图 1.2 所示，在拆装齿轮泵前，一定要熟悉其结构。

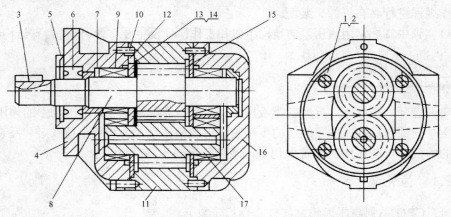

1—螺栓；2—热圈；3—平键；4—泵前盖；5—挡圈；6—油封；7—密封环；8—主动轮轴；9—滚动轴承；
10—圆柱销；11—泵体；12—弓形圈；13—密封圈；14—挡圈；15—侧板；16—后泵盖；17—从动齿轮轴

图 1.2　CBG 系列外啮合齿轮泵结构简图

3. 拆装步骤及注意事项

根据图 1.3 所示分解图,在实训老师的指导下分组拆装齿轮泵,其步骤及注意事项如下:

(1) 拆解齿轮泵时,先用内六方扳手在对称位置松开螺栓,之后取下螺栓,取下定位销,掀去前泵盖,观察并分析工作原理。轻轻取出泵体,观察卸荷槽、消除困油槽及吸、压油腔等结构,弄清楚其作用。

(2) 装配齿轮泵时,先将齿轮、轴装在后泵盖的滚动轴承内,轻轻装上泵体和前泵盖,打紧定位销,拧紧螺栓,注意使其受力均匀。

(3) 拆装中应用铜棒轻轻敲打零部件,以免损坏零部件和轴承。

(4) 拆卸过程中,遇到元件卡住的情况时,不要乱敲硬砸,请指导老师来解决。

(5) 装配时,遵循先拆的部件后安装,后拆的零部件先安装的原则,正确合理地安装,脏的零部件应用煤油清洗后才可安装,安装完毕后应使泵转动灵活,没有卡死现象。

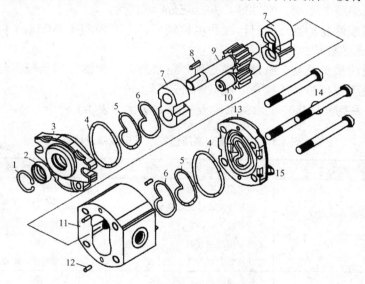

件 号	零件名称	数 量	件 号	零件名称	数 量
1	C 形卡环	1	9	主齿轮	1
2	骨架密封圈	1	10	副齿轮	1
3	前盖	1	11	泵体	1
4	泵体密封圈	2	12	定位销	4
5	"心"形密封圈	2	13	后盖	1
6	背挡圈	2	14	外六角螺栓	4
7	8 字轴承套	2	15	弹簧垫	4
8	平键	1			

图 1.3 外啮合齿轮泵的分解

4. 主要零件分析（参见图 1.3）

（1）泵体 11：泵体的两端面开有封油槽 d，此槽与吸油口相通，用来防止泵内油液从泵体与泵盖接合面外泄，泵体与齿顶圆的径向间隙为 0.13～0.16mm。

（2）前盖 3 与后盖 13：前后端盖内侧开有卸荷槽 e，用来消除困油。前盖 3 上吸油口大，压油口小，用来减小作用在轴和轴承上的径向不平衡力。

（3）主齿轮 9 与副齿轮 10：两个齿轮的齿数和模数都相等，齿轮与端盖间轴向间隙为 0.03～0.04mm，轴向间隙不可以调节。

5. 阅读材料

（1）齿轮泵使用注意事项

① 额定压力指溢流阀设定压力，稳定压力指泵正常持续运转的压力值，最高压力指泵瞬间峰值压力。

② 油泵支架座要牢固，刚性好，并能充分吸收震动。

③ 当采用柔性联轴器连接时，泵和电机轴同轴度应控制在 0.05mm 以内，不采用柔性联轴器时，应尽量减少径向负荷。

④ 注意进油接头及整个吸油管道必须严格密封，以免漏气引起噪声与系统震动。

⑤ 对于使用变频驱动的用户，应订购外泄型齿轮泵。

（2）CBG 系列高压齿轮泵常见故障及排除方法（如表 1.1 所示）

表 1.1　CBG 系列高压齿轮泵常见故障及排除

故　障	故　障　原　因	排　除　方　法
泵不输出油、输出油量不足、压力提不高	①原动机转向不对 ②吸油管路或过滤器堵塞 ③间隙过大（端面、径向） ④泄漏引起空气混入 ⑤油液黏度过大或温升过高	①纠正转向 ②疏通管路、清洗过滤器 ③修复零件 ④紧固连接件 ⑤控制油液黏度在合适的范围内
噪声大、压力波动严重	①泵与原动机不同轴 ②齿轮精度太低 ③骨架油封损坏 ④吸油管路或过滤器堵塞 ⑤油中混有空气	①调整同轴度 ②更换齿轮或修研齿轮 ③更换油封 ④疏通管路、清洗过滤器 ⑤排空气体
泵旋转不灵活或卡死	①间隙过小(端面、径向) ②装配不良 ③油液中有杂质	①修复零件 ②重新装配 ③保持油液清洁

1.2.2　叶片泵

型号：YB1 型叶片泵（双作用叶片泵）。

1．工作原理

如图 1.4 所示，当传动轴带动转子转动时，装于转子叶片槽中的叶片在离心力和叶片底部压力油的作用下伸出，叶片顶部紧贴于定子表面，沿着定子曲线滑动。叶片从定子的短半径（r）往定子的长半径（R）方向运动时叶片伸出，使得由定子的内表面、配流盘、转子和叶片所形成的密闭容腔不断扩大，通过配流盘上的配流窗口实现吸油。叶片从定子的长半径（R）往定子的短半径（r）方向运动时叶片缩进，密闭容腔不断缩小，通过配流盘上的配流窗口实现排油。转子旋转一周，叶片伸出和缩进两次。

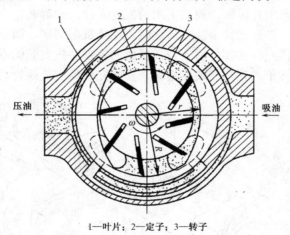

1—叶片；2—定子；3—转子

图 1.4 双作用叶片泵工作原理图

2．结构组成

泵体的结构如图 1.5 所示，在拆装叶片泵前，一定要熟悉其结构。

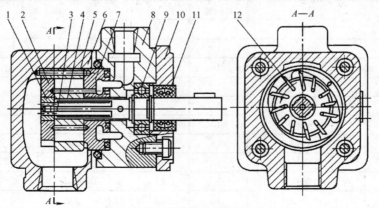

1、9—滚针（动）轴承；2、7—配流盘；3—传动轴；4—转子；5—定子；
6、8—泵体；10—盖板；11—密封圈；12—叶片

图 1.5 双作用叶片泵结构简图

3. 拆装步骤及注意事项

根据图 1.6 所示分解图，在实训老师的指导下分组拆装叶片泵，其步骤及注意事项如下：

（1）拆解叶片泵时，先用内六方扳手在对称位置松开后泵体上的螺栓后，再取下螺栓，用铜棒轻轻敲打使花键轴和前泵体及泵盖部分从轴承上脱下，把叶片分成两部分。

（2）观察泵体内定子、转子、叶片、配流盘的安装位置，分析其结构、特点，理解工作过程。

（3）取掉泵盖，取出花键轴，观察所用的密封元件，理解其特点、作用。

（4）拆卸过程中，遇到元件卡住的情况时，不要乱敲硬砸，请指导老师来解决。

（5）装配时，遵循先拆的部件后安装，后拆的零部件先安装的原则，正确合理安装，注意配流盘、定子、转子、叶片安装要正确，安装完毕后应使泵转动灵活，没卡死现象。

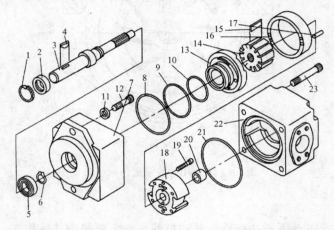

件 号	零件名称	数 量	件 号	零件名称	数 量
1	卡簧	1	13	前侧板	1
2	油封	1	14	转子	1
3	轴心	1	15	叶片	12
4	键	1	16	定子	1
5	轴承	1	17	定位锁	2
6	卡簧	1	18	后侧板	1
7	泵体	1	19	螺栓	2
8	O 形圈	1	20	自润轴承	1
9	O 形圈	1	21	O 形圈	1
10	O 形圈	1	22	盖	1
11	热圈	2	23	螺栓	4
12	螺钉	2			

图 1.6 双作用叶片泵分解图

4．主要零件分析

（1）定子和转子：定子由两段长半径圆弧、两段短半径圆弧和四段过渡曲线组成；转子的外表面则是圆柱面，且定子和转子是同心的。转子径向开有12条槽可以安置叶片。

（2）叶片：该泵共有12个叶片，径向力平衡。叶片前倾角一般为10°～14°，可使叶片在槽中移动灵活，并减少磨损。

（3）配流盘：此泵用长定位销将配流盘和定子定位，固定在泵体上，以保证配流盘上吸、压油窗口位置与定子内表面曲线相对应。配流盘上开有与压油腔相通的环槽，将压力油引入叶片底部。

（4）传动轴：传动轴通过花键带动转子在配流盘之间传动。

5．阅读材料

双作用叶片泵常见故障及排除方法如表1.2所示。

表1.2　双作用叶片泵常见故障及排除方法

故　障	故　障　原　因	排　除　方　法
外泄漏	①密封件老化 ②进出油口连接部位松动 ③密封面磕碰或泵壳体砂眼	①更换密封 ②紧固管接头或螺钉 ③修磨密封面或更换壳体
过度发热	①油温过高 ②油黏度太大、内泄过大 ③工作压力过高 ④回油口直接接到泵入口	①改善油箱散热条件或使用冷却器 ②选用合适的液压油 ③降低工作压力 ④回油口接至油箱液面以下
泵不吸油或无压力	①泵转向不对或漏装传动键 ②泵转速过低或油箱液面过低 ③油温过低或油液黏度过大 ④吸油管路或过滤器堵塞 ⑤吸油管路漏气	①纠正转向或重装传动键 ②提高转速或补油至最低液面以上 ③加热至合适黏度后使用 ④疏通管路、清洗过滤器 ⑤密封吸油管路
输油量不足或压力不高	①叶片移动不灵活 ②各连接处漏气 ③间隙过大(端面、径向) ④吸油不畅或液面太低 ⑤叶片和定子内表面接触不良	①不灵活叶片单独配研 ②加强密封 ③修复或更换零件 ④清洗过滤器或向油箱内补油 ⑤定子磨损发生在吸油区，双作用叶片泵可将定子旋转180°后重新定位装配
噪声、震动过大	①吸油不畅或液面太低 ②有空气侵入 ③油液黏度过高 ④转速过高 ⑤泵与原动机不同轴 ⑥配油盘端面与内孔不垂直或叶片垂直度太差	①清洗过滤器或向油箱内补油 ②检查吸油管、注意液位 ③适当降低油液黏度 ④降低转速 ⑤调整同轴度至规定值 ⑥修磨配油盘端面或提高叶片垂直度

1.2.3 柱塞泵

型号：SCY14—1B 型斜盘式轴向柱塞泵。

1. 工作原理

如图 1.7 所示，当电机带动油泵的传动轴转动时，缸体随之转动，由于装在缸体中柱塞的球头部分上的滑靴回程盘压向斜盘，因此柱塞将随着斜盘的斜面在缸体中作往复运动，从而实现油泵的吸油和排油。油泵的配油是由配油盘实现的。改变斜盘倾斜角度就可以改变油泵的流量输出。

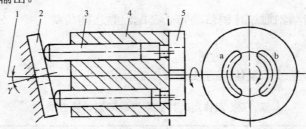

1—传动轴； 2—斜盘； 3—柱塞；4—泵体； 5—配流盘

图 1.7　斜盘式轴向柱塞泵工作原理图

2. 结构组成及主要零部件分析

泵体的结构如图 1.8、1.9 所示，在拆装柱塞泵前，一定要熟悉其结构。

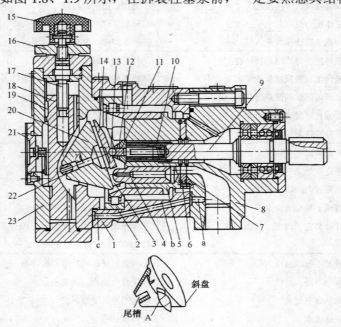

1—中间泵体； 2—圆柱滚子轴承； 3—滑靴； 4—柱塞； 5—缸体； 6、7—配流盘； 8—前泵体；
9—传动轴；10—定心弹簧； 11—内套；12—外套； 13—钢球；14—回程盘； 15—手轮； 16—螺母；
17—螺杆；18—变量活塞； 19—导向键； 20—斜盘； 21—刻度盘； 22—销轴；23—变量壳体

图 1.8　SCY14－1B 型手动变量轴向柱塞泵结构简图

主要零部件分析（参见图 1.8 所示）

（1）缸体 5：缸体用铝青铜制成，它上面有七个与柱塞相配合的圆柱孔，其加工精度很高，以保证既能相对滑动，又有良好的密封性能。缸体中心开有花键孔，与传动轴 9 相配合。缸体右端面与配流盘 7 相配合。

（2）柱塞 4 与滑靴 3：如图 1.9 所示，柱塞的球头与滑靴铰接。柱塞在缸体内作往复运动，并随缸体一起转动。滑靴随柱塞做轴向运动，并在斜盘 20 的作用下绕柱塞球头中心摆动，使滑靴平面与斜盘斜面贴合。柱塞和滑靴中心开有直径 1mm 的小孔，缸中的压力油可进入柱塞和滑靴、滑靴和斜盘间的相对滑动表面，形成油膜，起静压支承作用。减小零件的磨损。

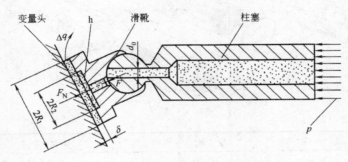

图 1.9 滑靴净压支承原理

（3）定心弹簧机构：如图 1.8 所示，定心弹簧 10，通过内套 11、钢球 13 和回程盘 14 将滑靴压向斜盘，使活塞得到回程运动，从而使泵具有较好的自吸能力。同时，弹簧 10 又通过外套 12 使缸体 5 紧贴配流盘 6，以保证泵启动时基本无泄漏。

（4）配流盘 6：配流盘上开有两条月牙型配流窗口 a、b，两个通孔 c 起减少冲击、降低噪声的作用。四个小盲孔起储油润滑作用。配流盘下端的缺口，用来与右泵盖准确定位。

（5）圆柱滚子轴承 2：用来承受斜盘 20 作用在缸体上的径向力。

（6）变量机构：如图 1.8 所示，变量活塞 18 装在变量壳体内，并与螺杆 17 相连。斜盘 20 前后有两根耳轴支承在变量壳体上（图中未示出），并可绕耳轴中心线摆动。斜盘中部装有销轴 22，其左侧球头插入变量活塞 18 的孔内。转动手轮 15，螺杆 17 带动变量活塞 18 上下移动（因导向键的作用，变量活塞不能转动），通过销轴 22 使斜盘 20 摆动，从而改变了斜盘倾角 γ，达到变量目的。

3. 拆装步骤及注意事项

根据图 1.10 所示分解图，在实训老师的指导下分组拆装柱塞泵，其步骤及注意事项如下：

（1）拆解轴向柱塞泵时，先拆下变量机构，取出斜盘、柱塞、压盘、套筒、弹簧、钢球，注意不要损伤，观察、分析其结构特点，弄清各元件的作用。

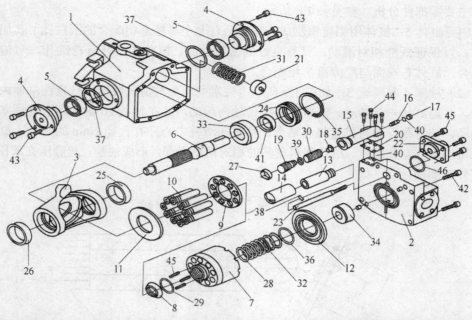

件　号	零 件 名 称	数　量	件　号	零 件 名 称	数　量
1	前泵体	1	21	弹簧垫片	1
2	后泵体	1	22	端盖	1
3	斜盘支撑	1	23	调节螺杆	1
4	端盖	2	24	密封圈	1
5	密封件	3	25、26	支撑	2
6	传动轴	1	27	螺母	1
7	缸体	1	28、29	调节环	2
8	螺母	1	30	调压弹簧	1
9	定位环	1	31	流量调节弹簧	1
10	柱塞	1	32	定心弹簧	1
11	斜盘	1	33	轴承	1
12	配流盘	1	34	密封件	1
13	调节杆	1	35、36	弹簧挡圈	2
14	导向套	1	37	密封垫	2
15	压力调节套管	1	38、39	定位销	2
16	螺钉	1	40	调节螺母	1
17	调节手柄	1	41	轴阀密封	1
18	U 形杯	1	42～45	螺钉	18
19	阀芯	1	46	密封垫	1
20	过滤板	1			

图 1.10　柱塞泵分解图

（2）轻轻敲打泵体，取出缸体，取下螺栓，分开泵体为中间泵体和前泵体，注意观察、分析其结构特点，搞清楚各自的作用，尤其注意配流盘的结构、作用。

（3）拆卸过程中，遇到元件卡住的情况时，不要乱敲硬砸，请指导老师来解决。

（4）装配时，先装中间泵体和前泵体，注意装好配流盘，之后装上弹簧、套筒、钢球、压盘、柱塞；在变量机构上装好斜盘，最后用螺栓把泵体和变量机构连接为一体。

（5）装配中，注意不能最后把花键轴装入缸体的花键槽中，更不能猛烈敲打花键轴，避免花键轴推动钢球顶坏压盘。

（6）安装时，遵循先拆的部件后安装，后拆的零部件先安装的原则，安装完毕后应使花键轴带动缸体转动灵活，没有卡死现象。

4．阅读材料

※CY14—1 轴向柱塞泵的故障判断及排除方法如表 1.3 所示。

表 1.3　※CY14—1 轴向柱塞泵的故障判断及排除方法

故　　障	可能引起的原因	排　除　方　法
流量不够	①油脏造成进油口滤油器堵死或阀门吸油阻力较大 ②吸油管漏气，油面太低 ③中心弹簧断裂，缸体和配流盘无初始密封力 ④变量泵倾角处于小偏角 ⑤配流盘与泵体配油面贴合不平或严重磨损 ⑥油温过高	①去掉滤油器，提高油液清洁度；增大阀门，减少吸油阻力 ②排除漏气，增高油面 ③更换中心弹簧 ④增大偏角 ⑤消除贴合不平的原因，重新安装配流盘；更换配流盘 ⑥降低油温
压力波动，压力表指示值不稳定	①液压系统中压力阀本身不能正常工作 ②系统中有空气 ③吸油腔真空度太大 ④因油脏等原因使配油面严重磨损 ⑤压力表座处于振动状态	①更换压力阀 ②排除空气 ③降低真空度值使其小于 0.016MPa ④修复或更换零件并消除磨损原因 ⑤消除表座振动原因
无压力或大量泄漏	①滑靴脱落 ②配油面严重磨损 ③调压阀未调整好或建立不起压力 ④中心弹簧断，无初始密封力 ⑤泵和电机安装不同轴，造成泄漏严重	①更换柱塞滑靴 ②更换或修复零件并消除磨损原因 ③重新调整或更换调压阀 ④更换中心弹簧 ⑤调整泵轴与电机轴的同轴度
噪声过大	①吸油阻力太大，自吸真空度太大，接头处不密封，吸入空气 ②泵和电机安装不同轴，主轴受径向力 ③油液的黏度太大 ④油液大量泡沫	①密封，排除系统中空气 ②调整泵和电机的同轴度 ③降低黏度 ④视不同情况消除进气原因

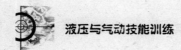

故　　障	可能引起的原因	排　除　方　法
油温提升过快	①油箱容积太小 ②油泵内部漏损太大 ③液压系统泄漏太大 ④周围环境温度过高	①增加容积或加置冷却装置 ②检修油泵 ③修复或更换有关元件 ④改善环境条件或加冷却
伺服变量机构失灵不变量	①伺服活塞卡死 ②变量活塞卡死 ③变量头转动不灵活 ④单向阀弹簧断裂	①消除卡死原因 ②消除卡死原因 ③消除转动不灵原因 ④更换弹簧
泵不能转动（卡死）	①柱塞与缸体卡死(油脏或油温变化引起) ②滑靴脱落(柱塞卡死、负载过大) ③柱塞球头折断(柱塞卡死、负载过大)	①更换新油、控制油温 ②更换或重新装配滑靴 ③更换零件

实训 2　液压控制阀的拆装

2.1　实训准备

　　液压控制阀是液压系统中的控制元件，用于控制系统中油液的流动方向，或调节其压力和流量，并对系统的改良优化起着非常重要的作用，同学们必须要掌握好液压控制阀的结构及其性能特点，懂得根据系统需要选择合适的液压控制阀来进行控制。

2.1.1　实训目的

　　（1）进一步理解液压控制阀的结构组成以及工作原理。
　　（2）掌握正确的拆卸、装配及安装连接液压控制阀的方法。
　　（3）掌握常用液压控制阀的故障排除及维修的基本方法。

2.1.2　实训用品

　　（1）实训用液压控制阀：电磁换向阀、单向阀、溢流阀、减压阀、节流阀各 2 只。
　　（2）工具：内六方扳手 2 套、固定扳手、螺丝刀、卡簧钳等。
　　（3）辅料：铜棒、棉纱、煤油等。

2.1.3　实训要求

　　（1）实训前认真预习，掌握相关液压泵的工作原理，对其结构组成有一个基本的认识。
　　（2）针对不同的液压控制阀，利用相应工具，严格按照其拆卸、装配步骤进行，严禁违反操作规程私自进行拆卸、装配。
　　（3）掌握常用液压控制阀的结构组成和工作原理及主要零件、组件的特殊结构的作用，并认真填写实训报告。

2.2　实训内容

　　在实训老师的指导下，拆装各类液压控制阀，观察、了解各零件在液压控制阀中的作用，了解各种液压控制阀的工作原理，按照规定的步骤装配各类液压控制阀。

2.2.1　单向阀

　　型号：锥形阀芯直通式单向阀（管式连接阀）。

1．结构组成及工作原理

结构组成：直通式单向阀也称直动式单向阀，一般由阀体1、阀芯2以及弹簧3组成，其中阀芯为锥形阀芯，如图2.1所示。

工作原理：压力油从 P_1 口流入，克服作用于阀芯2上的弹簧力后开启，阀芯油液进入 a 腔，通过阀芯的通孔进入 b 腔，然后从 P_2 口流出。反向（P_2 口流入）时在压力油及弹簧力的作用下，阀芯关闭出油口。

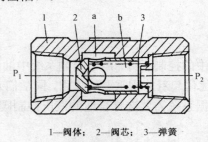

1—阀体； 2—阀芯； 3—弹簧

图2.1 锥形阀芯直通式单向阀结构示意图

2．拆装步骤及注意事项

根据图2.1所示的结构示意图，在实训老师的指导下分组拆装单向阀，其步骤及注意事项如下：

（1）观察直通式单向阀的外观，找出进油口 P_1，出油口 P_2。

（2）观察阀芯结构，了解弹簧的刚度及作用，分析其工作原理，理解其结构、特点。

（3）注意拆装中弄脏的零部件应用煤油清洗后才可装配。

3．阅读材料

单向阀的常见故障及排除方法如表2.1和表2.2所示。

表2.1 普通单向阀的常见故障及排除方法

现　象	故　障　原　因	排　除　方　法
不起单向控制作用（不保压、液体可逆流）	①密封不良：阀芯与阀体孔接触不良，阀芯精度低 ②阀芯卡住：阀芯与阀体孔配合间隙太小、有污物 ③弹簧断裂	①配研结合面 ②更换阀芯（钢球或锥阀芯），控制间隙至合理值、清洗 ③更换
内泄漏严重	①密封不良：阀芯与阀体孔接触不良，阀芯精度低 ②阀芯与阀体孔不同轴	①配研结合面更换阀芯（钢球或锥阀芯） ②更换或配研
外泄漏严重	①管式单向阀：螺纹连接处 ②板式单向阀：结合面处	①螺纹连接处加密封胶 ②更换结合面处的密封圈

表2.2　液控单向阀的常见故障及排除方法

现　　象	故　障　原　因		排　除　方　法
油液不逆流	单向阀打不开	①控制压力低	①提高控制压力
		②控制阀芯卡死	②清洗、修配或更换
		③控制油路泄漏	③检查并消除泄漏
		④单向阀卡死	④清洗、修配、过滤油液
逆方向密封不良	逆流时单向阀不密封	①单向阀芯与阀体孔配合间隙太小、弹簧刚性太差	①修配间隙、更换弹簧
		②阀芯与阀体孔接触不良	②检修、更换或过滤油液
		③控制阀芯（柱塞）卡死	③修配或更换
		④预控锥阀接触不良	④检查原因并排除
噪声大	共振 选用错误	①与其他阀共振 ②超过额定流量	①更换弹簧 ②选择合适规格

2.2.2　换向阀

型号：三位四通电磁换向阀（滑阀式）。

1. 工作原理

图2.2所示为滑阀式换向阀工作原理，其阀体是具有若干个环槽的圆柱体，阀体孔内开有5个沉割槽，每个沉割槽都通过相应的孔道与主油路连通。其中 P 为进油口，T 为回油口，A 和 B 分别与油缸的左右两腔连通。当阀芯处于图2.2（a）位置时，P 与 B、A 与 T 相通，活塞向左运动；当阀芯处于图2.2（b）位置时，P 与 A、B 与 T 相通，活塞向右运动。

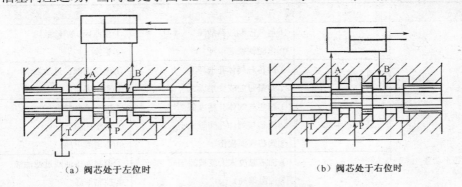

（a）阀芯处于左位时　　　　　　　　　　（b）阀芯处于右位时

图2.2　滑阀式换向阀工作原理图

2. 结构组成

阀体的结构如图2.3所示，在拆装换向阀前，一定要熟悉其结构。

3. 拆装步骤及注意事项

根据图2.3所示，在实训老师的指导下分组拆装换向阀，其步骤及注意事项如下：

（1）观察三位四通电磁换向阀的外观，找出进油口 P，回油口 T 和两个工作油口 A、B。

（2）拆解中应用铜棒轻轻敲打零部件，以免损坏零部件。将电磁阀的电磁铁和阀体分开，观察并分析工作过程，依次轻轻取出推杆、对中弹簧、阀芯，了解电磁阀阀芯的台肩结构，弄清楚换向阀的工作原理。

（3）装配电磁换向阀时，轻轻装上阀芯，使其受力均匀，防止阀芯卡住不能动作，然后遵循先拆的部件后安装，后拆的零部件先安装的原则，按原样装配。

（4）注意拆装中弄脏的零部件应用煤油清洗后才可装配。

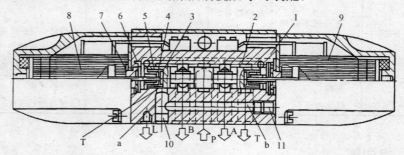

1—阀体；2—阀芯；3—推杆弹簧；4—定位套；5—弹簧；
6、7—挡板；8、9—电磁铁；10—封堵；11—螺塞

图 2.3　三位四通电磁换向阀结构

4．阅读材料

电磁换向阀与电液换向阀常见故障及排除方法见表 2.3。

表 2.3　电磁（液）换向阀的常见故障及排除方法

故　障	故　障　原　因		排　除　方　法
主阀芯不动作	电磁铁故障	①电气控制线路故障	①查原因、消除故障
		②电磁铁铁芯卡死	②更换
	先导阀故障	①阀芯与阀体孔卡死	①调整间隙、过滤油液
		②弹簧弯曲或变形太大	②更换弹簧
	主阀芯卡死	①阀芯与阀体孔精度低	①提高零件精度
		②阀芯与阀体孔间隙太小	②修配间隙
		③阀芯表面损伤	③修理或更换
	油液原因	①油液黏度太大或被污染	①调和液压油或过滤油液
		②油温偏高	②控制油温
	控制油路系统故障	①控制油路没油	①检查原因，清洗管路
		②控制油路压力低	②清洗节流阀并调整合适
	复位弹簧不合要求	①弹簧力过大、变形、断裂	①更换弹簧
	安装不当	①安装螺钉用力不均	①重新紧固螺钉
		②阀体上连接管路别劲	②重新安装

续表

故　　障	故　障　原　因		排　除　方　法
压力降过大	参数选择不当	①实际流量大于额定值	①更换换向阀
流量不足	开口量不足	①电磁阀推杆过短	①更换推杆
		②阀芯移动不到位	②配研阀芯
		③弹簧刚性差	③更换弹簧
主阀阀芯换向速度调节性能差	可调环节故障	①单向阀密封性差	①修理或更换
		②节流阀性能差	②更换
		③排油腔盖处泄漏	③更换密封，拧紧螺钉
电磁铁吸力不够	装配精度低	①推杆过长	①修磨推杆
		②铁芯接触面不平或接触不良	②处理接触面或消除污物
冲击震动有噪声	换向冲击	①电磁铁吸合太快	①采用电液阀
		②液动阀芯移动速度太快	②调节节流阀
	震动	③单向阀故障	③检修单向阀
		④电磁铁螺钉松动	④紧固螺钉
电磁铁过热或线圈烧坏	电磁铁故障	①线圈绝缘不好	①更换
		②电磁铁铁芯不合适，吸不住	②更换
		③电压太低或不稳定	③电压的变化值应在额定电压的10%以内
		④电极焊接不好	④重新焊接
	负荷变化	①换向压力超过预定值	①降低压力
		②换向流量超过预定值	②更换规格合适的电液换向阀
		③回油口背压太高	③调整背压使其在规定值内
	装配不良	①电磁铁铁芯与阀芯轴线同轴度不良	①重新装配，保证有良好的同轴度

2.2.3 溢流阀

型号：三节同心先导式溢流阀。

1. 结构组成与工作原理

结构组成： 如图 2.4 所示，先导式溢流阀由先导阀和主阀组成。

工作原理： 当系统压力油从进油口 P 进入主阀芯下腔 a 时，压力油经主阀大直径圆柱上的阻尼孔 e 进入上腔 d，由通道 f 进入先导阀下腔 g，作用在先导锥阀芯 7 右端。当系统压力升高，超过先导阀芯 7 的开启压力时，压力油顶开先导锥阀芯 7，进入 i 腔，通过孔 j、b 流入 c 腔，从出油口 T 流出。

随着系统压力增高，通过小孔 e 的流量不断增加，所产生的压力损失Δp（主阀上腔压力低于下腔）也不断提高，当Δp足够克服主阀弹簧力时，主阀芯抬起，a、b 腔连通，溢流阀开始溢流。

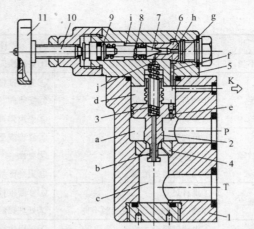

1—阀体；2—主阀芯；3—主阀弹簧；4—主阀座；5—先导阀体；6—先导阀座；
7—先导锥阀芯；8—调压弹簧；9—调节杆；10—调压螺栓；11—手轮

图 2.4   三节同心先导式溢流阀

2. 拆装步骤及注意事项

根据图 2.4 所示结构图，在实训老师的指导下分组拆装先导式溢流阀，其步骤及注意事项如下：

（1）观察先导式溢流阀的外观，找出进油口 P，出油口 T，控制油口 K 及安装阀芯用的中心圆孔。从出油口向里窥视，可以看见阀口是被阀芯堵死的，阀口被遮盖量约为 2mm 左右。

（2）用内六方扳手在对称位置松开阀体上的螺栓后，取下螺栓，用铜棒轻轻敲打，使先导阀和主阀分开，轻轻取出阀芯，注意不要损伤，观察、分析其结构特点，弄懂各自的作用。

（3）取出弹簧，观察先导调压弹簧、主阀复位弹簧的大小和刚度，分析其不同的原因。

（4）观察、分析其结构特点，掌握溢流阀的工作原理。

（5）装配时，遵循先拆的部件后安装，后拆的零部件先安装的原则，特别注意小心装配阀芯，防止阀芯卡死，正确合理地安装，保证溢流阀能正常工作。

（6）注意拆装中弄脏的零部件应用煤油清洗后才可装配。

3. 阅读材料

溢流阀常见故障及排除方法如表 2.4 所示。

表 2.4   溢流阀的常见故障及排除方法

故　障	故　障　原　因	排　除　方　法
压力波动不稳定	①锥阀与阀座接触不良或磨损	①配研或更换
	②弹簧刚度差	②更换
	③滑阀变形或损伤	③配研或更换
	④油液污染，阻尼孔堵塞	④更换或过滤液压油，疏通阻尼孔

续表

故　　障	故　障　原　因	排　除　方　法
泄漏显著	①主阀阀芯与阀体间隙过大 ②锥阀与阀座接触不良或磨损	①更换阀芯、重配间隙 ②配研或更换
噪声、震动大	①弹簧变形 ②螺母松动 ③主阀芯动作不良 ④锥阀磨损 ⑤流量超过额定值 ⑥与其他阀共振	①更换 ②紧固 ③检查与阀体的同轴度或修配阀的间隙 ④更换或配研 ⑤更换大流量阀 ⑥调整各压力阀的工作压力，使其差值在0.5MPa 以上

2.2.4　减压阀

型号：传统型先导式减压阀。

1. 结构组成与工作原理

结构组成： 如图 2.5 所示，传统型先导式减压阀由先导阀和主阀组成。

工作原理： 进口压力 p_1 经减压缝隙减压后，压力变为 p_2，经主阀芯的轴向小孔 d 和 b 进入主阀芯的底部和上端（弹簧侧），再经过阀盖上的孔和先导阀阀座上的小孔作用在先导阀的锥阀体上。当出口压力低于调定压力时，先导阀在调压弹簧的作用下关闭阀口，主阀芯上下腔的油压均等于出口压力，主阀芯在弹簧力的作用下处于最下端位置，滑阀中间凸肩与阀体之间构成的减压阀阀口全开不起减压作用。

2. 拆装步骤及注意事项

根据图 2.5 所示，在实训老师的指导下分组拆装先导型减压阀，其步骤及注意事项如下：

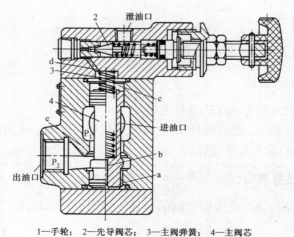

1—手轮；2—先导阀芯；3—主阀弹簧；4—主阀芯

图 2.5　传统型先导式减压阀（三节同心先导式减压阀）

（1）观察先导式减压阀的外观，找出进油口 P_1，出油口 P_2 和泄油口，从出油口向里面观察，可以看见阀口是打开的。

（2）用内六方扳手在对称位置松开阀体上的螺栓后，取下螺栓，用铜棒轻轻敲打，使先导阀和主阀分开，轻轻取出阀芯，注意不要损伤。观察、分析其结构特点，弄懂各自的作用。

（3）观察、分析其结构特点，掌握工作原理，比较和溢流阀的不同之处。

（4）装配时，遵循先拆的零部件后安装，后拆的零部件先安装的原则，特别注意小心装配阀芯，防止阀芯卡死，正确合理地安装，保证减压阀能正常工作。

（5）注意拆装中弄脏的零部件应用煤油清洗后才可装配。

3．阅读材料

减压阀常见故障及排除方法如见表 2.5 所示。

表 2.5　减压阀的常见故障及排除方法

故　障	故　障　原　因	排　除　方　法
不起减压作用	①阻尼孔堵塞 ②油液污染 ③主阀芯卡死 ④先导阀方向装错 ⑤泄油口回油不畅或漏接	①疏通阻尼孔 ②更换或过滤液压油 ③清理或配研 ④纠正方向 ⑤泄油口单独回油箱
输出压力波动大	①阻尼孔有时堵塞 ②油液中有空气 ③弹簧刚度太差 ④锥阀与阀座配合不好	①疏通阻尼孔、换油 ②排空气体 ③更换 ④配研或更换
输出压力低	①顶盖处泄漏 ②锥阀与阀座配合不好	①更换密封或拧紧螺钉 ②配研或更换

2.2.5　节流阀

型号：LF 型节流阀。

1．结构组成与工作原理

结构组成：如图 2.6 所示为 LF 型节流阀。

工作原理：转动手轮 3，通过推杆 2 使阀芯 4 作轴向移动，从而调节节流阀的通流截面积，使流经节流阀的流量发生变化。

2．拆装步骤及注意事项

根据图 2.6 所示结构图，在实训老师的指导下分组拆装节流阀，其步骤及注意事项如下：

（1）观察节流阀的外观，找出进油口 P_1，出油口 P_2。

（2）用内六方扳手松开阀体上的螺栓后，再取掉螺栓，轻轻取出阀芯，注意不要损伤，观察、分析其节流口的形状和结构特点。

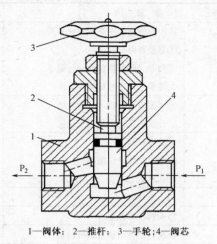

1—阀体；2—推杆；3—手轮；4—阀芯

图 2.6 LF 型节流阀

（3）根据节流阀的结构特点，理解工作过程。

（4）装配时，遵循先拆的零部件后安装，后拆的零部件先安装的原则，特别注意小心装配阀芯，防止阀芯卡死，正确合理地安装，保证节流阀能正常工作。

（5）注意拆装中弄脏的零部件应用煤油清洗后才可装配。

3．阅读材料

流量控制阀常见故障及排除方法见表 2.6。

表 2.6 流量控制阀的常见故障及排除方法

故　障	故　障　原　因		排　除　方　法
调节节流阀手轮，不出油	压力补偿器不动作	压力补偿阀芯在关闭位置卡死： ①阀芯、阀套精度差，间隙小 ②弹簧弯曲变形使阀芯卡住 ③弹簧太软	①检查精度、修配间隙 ②更换弹簧 ③更换弹簧
	节流阀故障	①油液脏、节流口被堵 ②手轮与节流阀芯装配不当 ③节流阀芯连接失落或未装键 ④节流阀芯配合间隙过小或变形 ⑤控制轴螺纹被脏物堵住	①过滤油液 ②重新装配 ③更换或补装键 ④修配间隙、更换零件 ⑤清洗
	系统未出油	阀芯无动作	重新装配或更换阀芯
输出流量不稳定	压力补偿器故障	压力补偿阀芯工作不灵： ①阀芯卡死 ②补偿器阻尼孔时通时堵 ③弹簧弯曲、变形、垂直度差	①修配使之灵活 ②清洗阻尼孔、过滤油液 ③更换弹簧

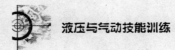

续表

故　障	故　障　原　因		排　除　方　法
输出流量不稳定	压力补偿器故障	压力补偿阀芯在全开位置卡死： ①补偿器阻尼孔堵死 ②阀芯、阀套精度差，间隙小 ③弹簧弯曲变形使阀芯卡住	①清洗阻尼孔、过滤油液或更换 ②修理使之灵活 ③更换弹簧
	节流阀故障	①节流口有污物，时通时堵 ②外负载变化引起流量变化	①清洗、过滤或更换油液 ②改为调速阀
	油液品质变化	①温度过高 ②温度补偿杆性能差 ③油液脏	①找出原因、降温 ②更换 ③过滤或更换油液
	泄漏	内、外泄漏	消除泄漏
	单向阀故障	单向阀密封性差	研磨单向阀
	管道震动	系统有空气、锁紧螺母松动	排空气体、锁紧螺母

实训 3　液体流动状态的判定

3.1　实训准备

英国物理学家雷诺通过大量实验，发现了液体在管道中流动时存在两种流动状态，即层流和紊流。实验前，阅读相关资料，了解用雷诺数确定液体流动状态的方法。

3.1.1　实训目的

（1）观察流体流动轨迹随流速的变化情况。

（2）建立层流和紊流两种流动状态和导管中流速分布的感性认识。

（3）确定临界雷诺数。

3.1.2　实训用品

（1）雷诺实验装置，图 3.1 所示。

（2）物料：水（大量）、密度与水相同的红色液体（少量，一般为高锰酸钾溶液）。

（3）工具：孔板流量计（或秒表和量筒）、游标卡尺、直尺、计算器等。

3.1.3　实训要求

（1）实训前认真预习，掌握雷诺实验的原理，对实验的操作有一个基本的认识。

（2）根据观察和计算，记录下所有现象和需要的数据。

（3）根据要求准确填写实训报告。

3.2　实训内容

在实训老师的指导下，正确安装雷诺实验装置（如图 3.1 所示），检查调试有关的装置，准备相关的实训用品，按照实训步骤要求来操作，并记录下有关的现象和数据。

3.2.1　准备工作

按照图 3.1 连接装置，注入足够的水，然后准备下面的工作：

（1）必要时调整细导管 5 的位置，使它处于水平玻璃管道 7 的中心线上。

（2）向小容器 3 中加入适量的红色液体。

（3）关闭流量调节阀 8，打开供水管 2，使自来水充满水槽，并使其有一定的溢流量。

（4）调节流量调节阀 8，轻轻打开阀门 4，让水缓慢流过水平玻璃管道，使红色液体全部充满细管道中。

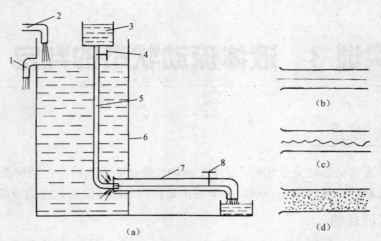

1—溢流管；2—供水管；3、6—容器；4—开关阀；5—细导管；7—水平玻璃管；8—流量调节阀

图 3.1　雷诺实验装置

3.2.2　液流状态演示

1. 实验原理

雷诺揭示了重要的流体流动机理，即根据流速的大小，流体有两种不同的状态。当流体流速较小时，流体质点只沿流动方向作一维的运动，与其周围的流体间无宏观的混合，即分层流动，这种流动状态称为层流。流体流速增大到某个值后，流体质点除了在流动方向上的流动外，还向其他方向作随机的运动，即存在流体质点的不规则的脉动，这种流动状态称紊流。

雷诺将一些影响流体流动状态的因素用 Re 表示，称之为雷诺数。

$$Re = \upsilon d/\nu \qquad\qquad (3\text{-}1)$$

式中　υ —— 液体在管内的平均流速；

$\quad\;\; d$ —— 管道内径；

$\quad\;\; \nu$ —— 液体的运动黏度。

一般（以光滑金属圆管为例）Re 小于 2320 为层流，Re 大于 2320 为紊流。

2. 层流、紊流状态演示

实验步骤如下：

（1）容器 6 和 3 中分别装满了水和红色液体，容器 6 由供水管 2 供水，并由溢流管 1 保持液面高度不变。

（2）打开阀 8 让水从玻璃管 7 中流出，这时打开阀 4，红色液体也经过细导管 5 流入水平玻璃管 7。

（3）调节阀 8 使玻璃管 7 中的流速较小时，红色液体在玻璃管 7 中呈现一条明显的直线，这条红线和水层次分明不相混杂，如图 3.1（b）所示。液体的这种流动状态称为层流。

（4）当调整阀 8 使玻璃管中的流速逐渐增大至某一值时，可以看到红线开始出现抖动而呈现波纹状，如图 3.1（c）所示。这表明层流状态被破坏，液流开始出现紊乱。

（5）若玻璃管 7 中流速继续增大，红线消失，红色液体便和水完全混合在一起，如图 3.1（d）所示，表明玻璃管中液流完全紊乱，这时的流动状态称为紊流。

因进水和溢流造成的震动，有时会使玻璃管道中的红水流束偏离管的中心线，或发生不同程度的左右摆动。为此，可暂时关闭供水管 2，过一会儿之后即可看到玻璃管道中出现的与管中心线重合的红色直线。

3．实验结束操作

（1）关闭开关阀 4，使红水停止流动。

（2）关闭供水管 2，使自来水停止流入水容器中。

（3）待玻璃管道的红色消失时，关闭阀门 8。

（4）若日后较长时间不用，请将装置内各处的存水放净。

3.2.3　数据处理

在层流和紊流状态演示中，用孔板流量计（或秒表和量筒）分别记录液体的流量和液流的流速，根据有关的数据，计算出雷诺数，并判断属于层流还是紊流。

例：已知一实验记录（层流时）如下。

管径 $d=20mm$，水温 $t=21℃$，流量 $q=1.5\times10^{-3}m^3/s$，求 Re 的值，判断它的流动形态，并与实验现象对比一下是否相符。

（1）水温 $t=21℃$ 查相关的表得：

水的密度　　　　　$\rho=998.2\ kg/m^3$

水的运动黏度　　　$v=46mm^2/s$

（2）求水的流速 v：（注意单位）

$$v=4q/\pi d^2=(4\times1.5\times10^{-3})/(3.14\times(20\times10^{-3})^2)$$
$$=4.77\ m/s$$

（3）求 Re 的值：

$$Re=vd/v=4.77\times20\times10^{-3}/46\times10^{-6}$$
$$=2074$$

（4）判断 $Re<2320$，所以属于层流区，与实验结果相符。

3.2.4　阅读材料

1．实验注意事项

做层流实验时，为了使滞流状况能较快地形成，而且能够保持稳定，应注意以下事项：

（1）水槽的溢流应尽可能地小。因为溢流大时，供水的流量也大，供水和溢流两者造成的震动都比较大，影响实验结果。

（2）应尽量不要人为地使实验架产生任何的震动。为减小震动，若条件允许，可对实验架的底面进行固定。

2．常见液流管道的临界雷诺数（如图 3.1 所示）

表 3.1 常见液流管道的临界雷诺数

管　道	Re_{cr}	管　道	Re_{cr}
光滑金属圆管	2320	带环槽的同心环状缝隙	700
橡胶软管	1600～2000	带环槽的偏心环状缝隙	400
光滑的同心状缝隙	1100	圆柱形滑阀阀口	260
光滑的偏心状缝隙	1000	锥阀阀口	20～100

3．临界雷诺数

实际上，液流由层流转变为紊流时的雷诺数和紊流转变为层流时的雷诺数是不相等的。通常把前者称为上临界雷诺数，后者称为下临界雷诺数。从实验中可以知道，后者的数值比较小，我们也把其作为判断液流状态的依据，也就是上面所说的临界雷诺数。

所以，严格上来说，液体的流动形态应该包括三种：层流、紊流和过渡流态。

实训 4 液压基本回路组装

4.1 实训准备

液压基本回路中包括以下几大控制回路：压力控制回路、速度控制回路、方向控制回路以及多缸执行控制回路。本实训选择前三种基本回路，希望能给同学们举一反三的效果。

4.1.1 实训目的

（1）基本元件组成的基本回路动作实验。
（2）理解单向顺序阀、单向节流阀、液控单向阀的功用及工作原理。
（3）能根据需要设计和组装相应的液压回路。

4.1.2 实训用品

QCS014 可拆式多回路液压系统教学实验台。

4.1.3 实训要求

（1）实训前认真预习，掌握相关液压基本回路的工作原理，对其结构组成有一个基本的认识。
（2）针对不同的液压基本回路，选择相应的液压元件，严格按照实训步骤进行，严禁违反操作规程私自进行组装。
（3）实训中掌握液压基本回路的结构组成、工作原理，记录有关的现象以及数据，认真准确填写实训报告。

4.2 实训内容

在实训老师的指导下，严格按照实训步骤，组装以下三种液压回路，并记录有关的现象以及数据。

4.2.1 方向控制回路

运动部件的换向，一般可采用各种换向阀来实现。二位三通换向阀作为关键元件的换向回路是换向阀换向回路的基本回路之一。

1. 工作原理

如图 4.1 所示，单作用液压缸的伸出与缩回动作可以由二位三通电磁换向阀来进行转换。当换向阀在左位时，单作用液压缸可以由外力作用缩回动作；当换向阀在右位时，油液通过换向阀进入液压缸的无杆腔，液压缸在液压油的作用下伸出动作。

此回路多在汽车维修的升降台或独立升降舞台的回路中应用。

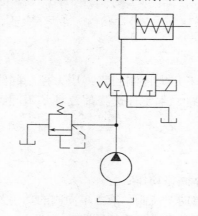

图 4.1　二位三通换向阀换向回路

2. 实训步骤

（1）按照实训回路图的要求，取出要用的液压元件，检查型号是否正确。

（2）将检查完毕，性能完好的液压元件安装在实验台面板合理位置。通过快换接头和液压软管按回路要求连接。

（3）启动液压泵并空载运行 5 分钟，放松溢流阀，调节溢流阀压力为 20Pa。

（4）给换向阀通电，使其工作位置在右位，然后突然断电，观察液压缸的动作并做好记录。

（5）换向阀在左位时，给液压缸一个外力 F，观察各元件的动作并做好记录。

（6）试验完毕，把液压泵卸荷，然后按照顺序拆解回路。

观察实训中液压缸在换向阀不同工作位置时的动作，记录并填写实训报告。

 拓展——液控单向阀的锁紧回路

锁紧回路的功能是通过切断元件的进油、出油通道来使它停在任意位置，并防止停止运动后因外界因素而发生窜动。最常用的方法是采用液控单向阀的锁紧回路。

1. 工作原理

如图 4.2 所示，在液压缸的两侧油路上都串接一液控单向阀（俗称液压锁），活塞可以在行程的任何位置上长期锁紧，不会因外界原因而窜动，其锁紧精度只受液压缸的泄漏和油液压缩性的影响。为了保证锁紧迅速、准确，换向阀应采用 H 型或 Y 型中位机能。

图 4.2 所示的回路常用于汽车起重机的支腿油路和飞机起落架的收放油路上。

2．实验步骤

（1）按照实验回路图的要求，取出要用的液压元件，检查型号是否正确。

（2）将检查完毕性能完好的液压元件安装在实验台面板的合理位置上。通过快换接头和液压软管按回路要求连接。

（3）启动液压泵并空载运行 5 分钟，放松溢流阀，调节溢流阀压力为 20Pa。

（4）给换向阀通电，使其工作位置分别为左、右位，然后突然断电，观察液压缸的动作并做好记录。

（5）换向阀在中位停止时，给液压缸一个外力 F，观察各元件的动作并做好记录。

（6）实验完毕，把液压泵卸荷，然后按照顺序拆解回路。

观察实训中各元件的动作，记录并填写实训报告。

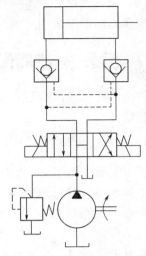

图 4.2 液控单向阀的锁紧回路

4.2.2 压力控制回路

压力控制回路是利用压力控制元件来调节系统所需要的压力的回路。利用溢流阀调定系统压力的回路是压力控制回路的基本回路之一。

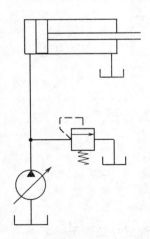

图 4.3 溢流阀的过载保护回路

1．工作原理

图 4.3 所示的是用溢流阀作为核心元件的过载保护回路，溢流阀旁接在变量泵的出口处，用来限制系统压力的最大值，$P_{调定} = 1.1P_{工作}$；系统正常工作时，溢流阀处于关闭状态，对系统起保护作用。此回路在数控机床上广泛应用。

2．实验步骤

（1）按照试验回路图的要求，取出要用的液压元件，检查型号是否正确。

（2）将检查完毕性能完好的液压元件安装在实验台面板的合理位置上。通过快换接头和液压软管按回路要求连接。

（3）启动液压泵并空载运行 5 分钟，放松溢流阀，调节溢流阀压力为 20Pa。

（4）系统正常工作，观察溢流阀的状态。

（5）拟定给液压缸一外力 F，而且外力 F 逐渐增大，观察溢流阀的状态并做好记录。

（6）把液压泵卸荷，观察溢流阀的变化并做好记录。

（7）试验完毕，把液压泵卸荷，然后按照顺序拆解回路。

观察实训中溢流阀各动作时的状态，记录并填写实训报告。

 拓展——单向顺序阀的多缸顺序动作

利用液压系统工作过程中的压力变化来使执行元件按顺序先后动作是液压系统独具的控制特性。

1. 工作原理

图 4.4 所示为用单向顺序阀的顺序动作回路。此回路的动作顺序为：①缸 1 伸出→②缸 2 伸出→③缸 2 退回→④缸 1 退回。当换向阀 5 左位接入回路，缸 1 活塞向右运动，到最右端后回路压力升高到顺序阀 3 的调定压力，顺序阀 3 开启，缸 2 活塞才向右伸出运动。工作完毕后，换向阀 5 右位接入回路，缸 2 活塞先退到左端点，回路压力逐渐升高，打开顺序阀 4，再使缸 1 活塞退回原位。此回路在数控机床上经常运用，特别是工件装夹装置回路。

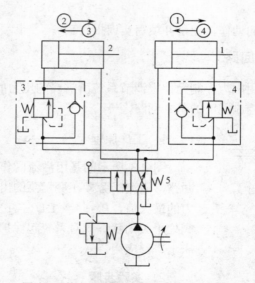

图 4.4　单向顺序阀控制的顺序动作回路

2. 实验步骤

（1）按照实验回路图的要求，取出要用的液压元件，检查型号是否正确。

（2）将检查完毕性能完好的液压元件安装在实验台面板的合理位置上。通过快换接头和液压软管按回路要求连接。

（3）启动液压泵并空载运行 5 分钟，放松溢流阀，调节溢流阀压力为 20Pa。

（4）把选择开关拨至顺序位置，按"复位"按钮复零。

（5）按"启动"按钮，控制换向阀 5 在左位，完成①、②动作。

（6）手动控制换向阀 5 在右位，完成③、④动作。

（7）实验完毕，把液压泵卸荷，然后按照顺序拆解回路。

观察实训中各元件的顺序动作，记录并填写实训报告。

4.2.3 速度控制回路

调速控制回路是以速度控制元件为核心，在一定范围内调节执行元件速度的回路。利用节流阀来调节液压缸工作速度的进油路节流调速回路是速度控制回路的基本回路之一。

1. 工作原理

图 4.5 所示为用节流阀调节的速度控制回路。节流阀处于液压缸的进油口位置，所以称为进油路节流调速回路。调节节流口的大小，可以调节液压缸的工作速度，图中溢流阀起保护作用。此回路多用于机床的进给系统中。

2. 实验步骤

（1）按照实验回路图的要求，取出要用的液压元件，检查型号是否正确。

（2）将检查完毕性能完好的液压元件安装在实验台面板的合理位置上。通过快换接头和液压软管按回路要求连接。

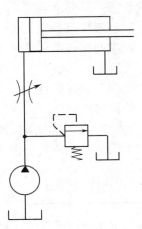

图 4.5 用节流阀调节的进油节流调速回路

（3）启动液压泵并空载运行 5 分钟，放松溢流阀，调节溢流阀压力为 20Pa。

（4）调节节流阀阀口的大小，观察液压缸动作的速度状态并做好记录。

（5）观察在调节节流阀的过程中溢流阀的状态并做好记录。

（6）给液压缸一个超出额定载荷的外力 F，观察各元件的状态并做记录。

（7）实验完毕，把液压泵卸荷，然后按照顺序拆解回路。

观察实训中节流阀在不同状态时液压缸的速度，记录并填写实训报告。

拓展——行程阀的速度换接回路

速度换接回路用于执行实现速度切换，因切换前后速度不同，有快速—慢速、慢速—快速的换接。这种回路应该具有较高的换接平稳性和换接精度。

1. 工作原理

图 4.6 所示为用行程阀（电磁阀）的速度换接回路。换向阀处于图示位置，液压缸活塞快进到预定位置，

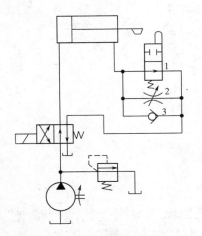

图 4.6 用行程阀的速度换接回路

31

活塞杆上挡块压下行程阀 1，行程阀关闭，液压缸右腔油液必须通过节流阀 2 才能流回油箱，活塞运动转为慢速工进。换向阀左位接入回路时，压力油经单向阀 3 进入液压缸右腔，活塞快速向左返回。这种回路切换过程比较平稳，换接点位置准确。

2. 实验步骤

（1）按照实验回路图的要求，取出要用的液压元件，检查型号是否正确。

（2）将检查完毕性能好的液压元件安装在实验台面板的合理位置上。通过快换接头和液压软管按回路要求连接。

（3）启动液压泵并空载运行 5 分钟，放松溢流阀，调节溢流阀压力为 20Pa。

（4）给换向阀通电，使其工作位置在右位，液压缸活塞伸出。

（5）当活塞杆上挡块压下行程阀 1 时，行程阀关闭，调节节流阀控制流量，此时观察液压缸的动作并做好记录。

（6）给换向阀断电，液压缸活塞退回，计算其速度、与之前的动作比较并做好记录。

（7）实验完毕，把液压泵卸荷，然后按照顺序拆解回路。

观察实训中各元件的动作，记录并填写实训报告。

4.3 阅读材料

以下介绍几个液压系统在机械生产中的运用实例，供同学们参考阅读。

4.3.1 全液压挖掘机液压系统

全液压挖掘机是一种自行式土方工程机械，斗容量从 $0.25\sim6.0m^3$ 不等，按行走机构不同，有履带式和轮胎式两类。履带式应用较多，其主机结构如图 4.7 所示。图中，铲斗 1、斗杆 2 和动臂 3 统称为工作机构，分别由相应液压缸 6、7、8 驱动；回转机构 4 和行走机构 5，由各自的液压马达驱动，整个机器的动力由柴油发动机提供。

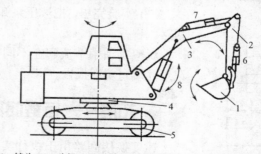

1—铲斗；2—斗杆；3—动臂；4—回转机构；5—行走机构；
6—铲斗液压缸；7—斗杆液压缸；8—动臂液压缸

图 4.7 用行程阀的速度换接回路

挖掘机的工作循环是：铲斗切削土壤入斗，装满后提升回转到卸料点卸空，再回到挖掘位置并开始下次作业。单斗挖掘机的液压系统是以多路换向为主的系统。

4.3.2　波音 747 喷气客机液压系统

图 4.8 所示为波音 747 喷气式客机，图中所示动力部分装置皆由液压系统操纵。

波音 747 喷气客机的操纵系统和起落架装置中都采用液压驱动。动翼的操纵要求能正确而迅速地响应，以便细微地控制机身的姿势；起落架则要把重约 3 吨的东西收放自如。

该客机的整个液压系统由四个独立的系统构成，按发动机的序号依次称为 No.1 至 No.4 系统。在波音 747 上，为了提高系统的总可靠性采用了冗余技术，以装在垂直尾翼上的方向舵为例：首先把方向舵分成上方向舵和下方向舵两部分（如图 4.9 所示），即使一个方向舵出现故障，单靠另一个也能保证功能，其次，每个方向舵装有双串联缸（如图 4.10 所示），分别有两个液压系统来驱动，即使在最坏的情况下，其中三个系统都出故障时，剩下的一个系统仍能工作。

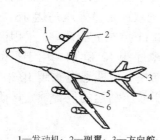

1—发动机；2—副翼；3—方向舵；
4—升降舵；5—襟翼；6—阻流板

图 4.8　波音 747 喷气式客机

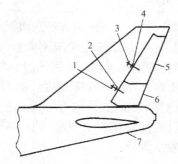

1—No.2 系统；2—No.4 系统；3—No.1 系统；4—No.3 系统；
5—上方向舵；6—下方向舵；7—双串联缸

图 4.9　方向舵系统

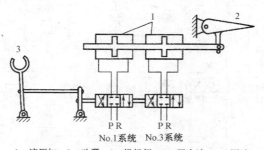

1—液压缸；2—动翼；3—操纵杆；P—压力油；R—回油

图 4.10　双串联缸

4.3.3　X 射线机隔室透视站位液压系统

X 射线机是对人体有关部位的健康状况进行检查的医疗器械，为了避免医生身体长期受 X 射线辐射，现代 X 射线机电操作采用隔室透视，如图 4.11 所示。X 射线机各机构的运动可单独进行，也可配合进行，速度可快可慢，能方便地检查身体各部位。荧光屏的升降、转盘的回转及升降采用液压驱动。

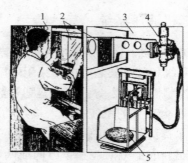

1—暗室；2—荧光屏；3—光室；4—X线球管；5—转盘（站立被检查者）

图 4.11　X 射线机操作示意图

1．原理分析

如图 4.12 所示，X 射线机隔室透视站位液压系统的执行器为荧光屏和转盘的升降液压缸 15 和 17，以及通过齿轮减速机构 18 驱动转盘旋转的双向定量液压马达 16。缸 15 与 17 采用同样的油路结构，分别采用三位四通电磁阀 9 和 11 控制缸的升降；采用调速阀 6 和 8 控制进油调节缸的升降速度，缸的无杆腔设有单向顺序阀 12 和 14，用于平衡工作机构及人体自重，以防缸体自行下滑。液压马达的旋转方向由三位四通电磁阀 10 来控制，旋转速度通过进油调速阀 7 无级调节，双向液压锁 13 用于液压马达的位置锁定，确保回转位置的准确及固定。

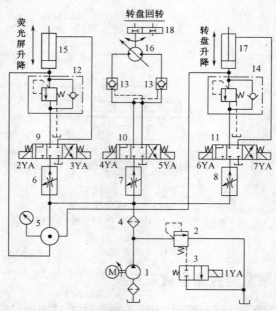

1—定量液压泵（螺杆泵）；2—先导式溢流阀；3—二位三通电磁换向阀；4—高压过滤器；
5—压力表及其开关；6、7、8—调速阀；9、10、11—三位四通电磁换向阀；12、14—单向顺序阀；
13—双向液压锁；15—荧光屏升降液压缸；16—双向定量液压马达；17—转盘升降液压缸；18—齿轮减速机构

图 4.12　X 光机液压系统原理图

2．技术特点

① 采用液压传动的 X 射线机站位装置，传动平稳，噪声小，工作快速，换接无冲击，调整方便，易于遥控，安全可靠。

② 系统采用定量泵供油的进油节流调速方式，立置双杠采用单向顺序阀平衡，液压马达采用液压锁双向锁定。

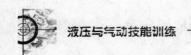

实训 5 认识气源装置

5.1 实训准备

产生、处理和贮存压缩空气的设备称为气源装置，它是气动系统中的动力元件，其主体是空气压缩机。通过学习，正确了解气源装置，掌握其使用、保养、维护，能够保证其正常运行，延长寿命，为系统提供稳定、洁净的压缩空气。

5.1.1 实训目的

（1）进一步理解气源装置的组成及工作原理。
（2）掌握气源装置的使用、保养方法。

5.1.2 实训用品

（1）实训用空气压缩机、后冷却器、油水分离器、干燥器、过滤器、贮气罐各一台。
（2）工具：绝缘螺丝刀、卡簧钳等。
（3）辅料：铜棒、棉纱、煤油、空气压缩机油等。

5.1.3 实训要求

（1）实训前认真预习，掌握相关气源装置的工作原理，对其结构组成有一个基本的认识。
（2）根据所学内容，认识气源装置各组成部分的名称和作用。
（3）实训中掌握空气压缩机的结构组成及工作原理，掌握其常规保养方法，并认真填写实训报告。

5.2 实训内容

在实训老师的指导下，认识气源装置各组成部分的名称、作用，明确其安装顺序，并根据实际情况，了解各自的结构组成和工作原理（气源装置示意图如图 5.1 所示）。

5.2.1 空气压缩机

1．认识空气压缩机

图 5.2 所示为容积型空气压缩机，其原理示意图如图 5.3 所示。

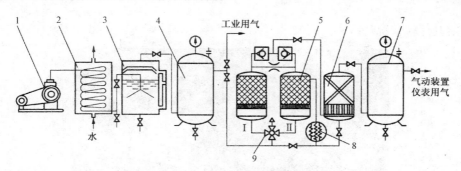

1—空气压缩机；2—冷却器；3—油水分离器；4、7—贮气罐；5—干燥器；
6—过滤器；8—加热器；9—四通阀

图 5-1　气源装置示意图

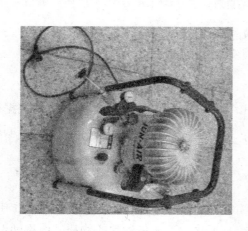

图 5.2　空气压缩机

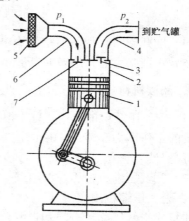

1—活塞；2—气缸；3—排气阀；4—排气管；
5—空气滤清器；6—进气管；7—进气阀

图 5.3　立式空气压缩机工作原理图

空气压缩机是一种气压发生装置，它的作用是将机械能转换成气体的压力能，是气动系统的动力来源。

空气压缩机种类繁多，如按工作原理可分为容积型压缩机和速度型压缩机两大类。在气压传动系统中一般多采用容积型空气压缩机。

在实训过程中，可以观测到空气压缩机运转一定时间后，将自动停车，再过一段时间又再次启动。这是因为当贮气罐内压力上升到调定的最高压力时，压力开关控制电动机停止运转；而系统使用压缩空气或者泄漏将使贮气罐内压力降低，当其值低于调定的最低压力时，又重新启动。

2．实训步骤

（1）仔细观测空气压缩机的外形，对照图 5.3，分析工作原理，并分小组进行讨论。

（2）如图 5.4 所示，空气压缩机上附有两个压力表，一个是减压阀进气压力表，另一个是减压阀输出压力表，分析如何分辨。

（3）在老师指导下，在输出口处接好连接系统的气管，并接好电源，经检查后合上电源，观察其运转情况。

图 5.4 空气压缩机所附压力表

（4）旋开旋钮，使压缩空气输出，检查好接口处有无泄漏。

（5）实训结束后，应及时断开电源，并整理好场地。

3. 阅读材料

（1）空气压缩机的选用。首先根据空气压缩机的特性要求，选择其类型，再根据系统所需要的工作压力和流量，确定空气压缩机的输出压力和吸入流量，最后选取合适的空气压缩机型号。

（2）空气压缩机使用注意事项。

① 空气压缩机用润滑油。

往复式空气压缩机若冷却良好，排出压缩空气的温度约为 70～180℃；若冷却不好，可达 200℃以上。在高温下，微细的油粒子容易氧化，形成焦油状的物质（俗称油泥），因此必须使用厂家指定的不易氧化和变质的压缩机油，并定期更换。

不同形式的空气压缩机应选用不同的机油，如若使用不当，容易降低使用寿命，增大出故障的几率，严重时可能导致运转不畅而使电机损坏。

② 空气压缩机安装地点。

为保证吸入空气的质量，空气压缩机应尽量安装在清洁、粉尘少、湿度小、凉爽、通风好的地方，而且周边应留有空间，供散热及维护保养用，同时应注意避免噪声扰民。

③ 启动前，应检查其运转是否正常，润滑是否充足。

可以用手拉动传送带使活塞往复运动数次，如阻力过大，一般可能是润滑油不足或黏度过高所致。在冬季，为防止结冰，停车后应将小气罐中的冷凝水排放掉，并选用黏度相对低的润滑油。

④ 定期检查和清洗吸入口过滤器。

如有杂质堵塞过滤器，将导致空气压缩机吸入不顺畅，无法正常输出压缩空气，导致空气压缩机长时间运作，降低使用寿命。

5.2.2 冷却器

1. 认识冷却器

图 5.5 所示为列管式冷却器，其原理示意图如图 5.6 所示。

图 5.5 冷却器

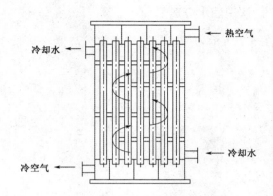

图 5.6 列管式后冷却器结构图

冷却器（亦称后冷却器）一般安装在空气压缩机出口的管道上，其作用是将压缩气体的温度由 140～170℃降至 40～50℃，使油雾和水汽迅速达到饱和，并析出凝结成水滴和油滴，经油水分离器排出。

在实训过程中，可穿着胶底保护鞋，用手轻轻触摸（谨防烫伤）空气压缩机的缸体部分，感受其温度。再用手感受经冷却器后排出的压缩空气温度，进行比较。

2. 实训步骤

（1）仔细观测冷却器的外形，对照图 5.6，分析工作原理，并分小组进行讨论。

（2）在老师指导下，在空气压缩机输出口处接好冷却器，并合上空气压缩机电源，观察其运转情况。

（3）使用温度计，检测输出口的温度，判断冷却器工作是否正常。

（4）实训结束后，应及时断开电源，并整理好场地。

3. 阅读材料

（1）冷却器的选用：一般可根据系统最高压力和额度流量来选择冷却器（额度流量是指使用压力为 0.7MPa，进口空气温度为 70℃、环境温度为 32℃、保证出口空气温度为 40℃时的处理空气量）。当进口空气温度超过 100℃或流量很大时，应选用水冷式冷却器。

（2）冷却器使用注意事项：

① 为保证散热片的散热能力，应尽量安装在干燥、粉尘少、通风好的室内；

② 离开其他设备或障碍物 15～20cm 的距离，供保养维护用；

③ 配管无特殊情况，均应水平安装，应根据标准连接尺寸确定配管尺寸；

④ 定期检查、清洁风扇和散热片；

⑤ 水冷式冷却器应设置断水报警功能，以防止缺水造成温度升高，导致冷却性能降低，影响机件寿命，甚至着火；

⑥ 定期排放冷凝水，检查出口温度。

5.2.3　油水分离器

1. 认识油水分离器

图 5.7 所示为撞击折回式油水分离器，其原理示意图如图 5.8 所示。

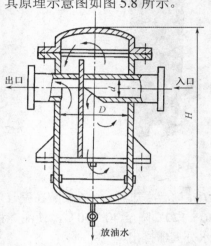

图 5.7　油水分离器　　　　　　　　图 5.8　油水分离器结构图

油水分离器一般安装在冷却器出口的管道上，其作用是分离并排出压缩空气中凝聚的水分、油分和部分灰尘杂质，初步净化压缩空气。

在实训过程中，可摊开手掌，放置在其底部，随之系统运转，过一段时间后，将有液体从底部排出，其中大部分为水，小部分为油。仔细观察，并用手指感受。

2. 实训步骤

（1）仔细观察油水分离的外形，对照图 5.8，分析工作原理，并分小组进行讨论。

（2）在没有接油水分离器的情况下，合上空气压缩机电源，观察输出气体，并用手感受（或取吸油纸一张进行实验）。

（3）在老师指导下，在冷却器输出口处接好油水分离器，并合上空气压缩机电源，观察其运转情况，再次用手感受（或取吸油纸一张进行实验），与步骤（2）进行比较。

（4）实训结束后，应及时断开电源，并整理好场地。

3. 阅读材料

（1）油水分离器的选用：油水分离器种类繁多，应根据实际情况进行选择。一般可根据空气压缩机的功率及安装位置的要求进行选择。

（2）油水分离器使用注意事项：

① 排油水口应垂直向下，以便于油水及时排出；

② 油水分离器中若混入较大颗粒的杂质或高黏度的油液，将造成其堵塞，无法正常工作，所以入口处应安装滤网；

③ 应留有维护保养的空间，定期通过排油水阀排油水；

④ 常开型自动排水的油水分离器，在系统无压力（或低压力）时可排放冷凝水，但压力值低于最低动作压力时，排水口将出现排气现象；

⑤ 定期检查油水分离器的使用情况，监控输出口气体的干燥程度。

5.2.4　干燥器

1．认识干燥器

图 5.9 所示为不加热再生式干燥器的外形和原理示意图。

干燥器可安装在贮气罐出口的管道上，把初步净化后的压缩空气进一步净化，吸收和排除其中的水分、油分以及杂质，以满足系统的使用要求。

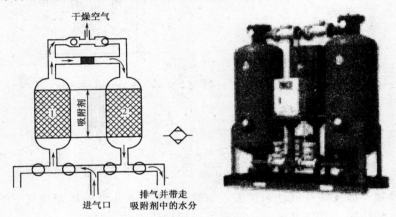

图 5.9　干燥器

2．实训步骤

（1）仔细观干燥器的外形，对照图 5.9 左图，分析工作原理，并分小组进行讨论。

（2）在老师指导下，在贮气罐输出口处接好干燥器，观察其运转情况。

（3）实训结束后，应及时断开电源，并整理好场地。

3．阅读材料

（1）干燥器的选用：首先根据处理流量的大小选择类型，一般超过 780L/min 就不适宜采用吸附式干燥器。然后根据出口空气大气压露点的要求选择具体型号。

（2）干燥器使用注意事项：

① 进出口不得接反，一般水平安装；

② 排水管一般向下安装，不得打折或压扁；

③ 通风口应每月检查清扫，并根据实际情况对吸附剂进行再生（即利用吸附剂高压吸附、低压脱附水分的特性，实现不需外加热源而使潮湿的吸附剂重新获得良好的吸

附性能）；

④ 为防止长期使用后吸附剂粉化，应及时更换。

5.2.5　过滤器

1．认识过滤器

图 5.10 所示为普通分水过滤器，其原理示意图如图 5.11 所示。

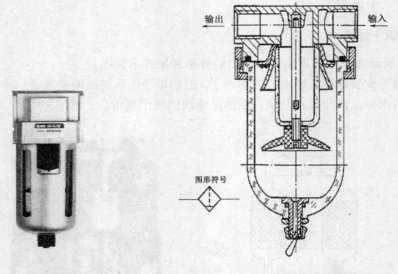

图 5.10　过滤器　　　　　　图 5.11　普通分水过滤器结构图

　　空气过滤器一般安装在气动系统的入口处，用于进一步滤除压缩空气中的水分、油滴及其他杂质。使用时，常与减压阀、油雾器一起构成气动三联件。

2．实训步骤

（1）仔细观察分水过滤器的外形，对照图 5.11，分析工作原理，并分小组进行讨论。

（2）在老师指导下，在汽缸入口处接好过滤器，并合上空气压缩机电源，观察其运转情况。

（3）如条件允许，拆开分水过滤器，观察滤网上存有的杂质，分析影响过滤精度的原因。

（4）实训结束后，应及时断开电源，并整理好场地。

3．阅读材料

（1）过滤器的选用：应根据通过的最大流量、过滤精度，以及两端允许的最大压力降来选择过滤器的类型和规格，并检查其他技术参数是否满足系统要求。如系统对压缩空气要求较高，应选择二次过滤器。

（2）过滤器使用注意事项：

① 装配前，应彻底清洁干净配管中的切屑、灰尘和其他杂质；

②　进、出口方向不得装反，一般要求垂直安装，水杯朝下；

③　不能安装在空气压缩机出口处，因为该处空气温度高，水分呈蒸汽状；

④　为保证过滤效果，应定期排放冷凝水和清洁滤芯，当压力降大于 0.1MPa 时应更换滤芯；

⑤　避免阳光直晒。

5.2.6　贮气罐

1. 认识贮气罐

图 5.12 所示为立式贮气罐，其结构示意图如图 5.13 所示。

图 5.12　贮气罐

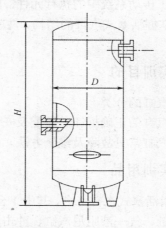

图 5.13　贮气罐结构图

贮气罐主要用来调节气流，减少输出气流的压力脉动，保持输出气流的连续性和稳定性，贮存一定量的压缩空气，以备应急使用。

2. 实训步骤

（1）仔细观察贮气罐的外形，对照图 5.13，分析工作原理，并分小组进行讨论。

（2）贮气罐两个口一高一低，分析哪一个为入口，哪一个为出口。

3. 阅读材料

（1）贮气罐的选用：按空气压缩机的功率进行选用。如需要在空气压缩机停止运转后，仍可维持系统工作，则需要对其容积进行估算。

（2）贮气罐使用注意事项：

①　贮气罐属于压力容器，应定期检查，并遵守压力容器的相关规定；

②　贮气罐上要求配置安全阀及压力表，在其最低处设有排水阀。

实训 6　汽缸的拆装

6.1　实训准备

汽缸是气压传动系统中的执行元件，其作用是将压缩空气的压力能转换为机械能。通过实训，要求掌握活塞式汽缸的结构、性能特点以及工作原理，能够根据系统需要选择适合的汽缸。

6.1.1　实训目的

（1）了解汽缸的分类。
（2）掌握汽缸的正确拆卸、装配及安装连接方法。
（3）掌握汽缸常见故障及维修方法。

6.1.2　实训用品

（1）实训用活塞式汽缸 2 台，其中 1 台为单作用式，另一台为双作用式（如条件许可，配备薄膜式汽缸、气—液阻尼汽缸、冲击汽缸、气马达各 1 台）。
（2）工具：内六方扳手 2 套、固定扳手、螺丝刀、卡簧钳等。
（3）辅料：铜棒、棉纱、煤油等。

6.1.3　实训要求

（1）实训前认真预习，掌握相关汽缸的工作原理，对其结构组成有一个基本的认识。
（2）严格按照其拆卸、装配步骤进行，如遇卡死，应用铜棒轻敲，避免刮花或者变形。
（3）实训中掌握活塞式汽缸的结构组成、工作原理，并认真填写实训报告。

6.2　实训内容

在实训老师的指导下，仔细观察汽缸的外形，拆卸过程中，注意观察、分析汽缸的结构组成及工作原理，并按照规定的步骤进行装配（为避免出现误装、反装、欠装等问题的出现，可在相应的位置做记号，或者用数码设备做好记录）。

由于汽缸的使用十分广泛，根据使用条件不同，其结构、形状也存在多种形式，分类方法也很多。这里主要以单作用活塞式汽缸为例进行说明。

6.2.1　单作用活塞式汽缸

1.认识单作用活塞式汽缸

图 6.1 所示为单作用活塞式汽缸,其结构原理图如图 6.2 所示,图形符号参照主教材表 9.1。单作用汽缸只有一个进(出)气口,当压缩空气进入汽缸后,气体压力作用在活塞上,推动活塞(连活塞杆)向左运动。回程通常依靠弹簧或其他外力的作用来实现。

图 6.1　单作用活塞式汽缸

2.结构组成

图 6.2 所示为以弹簧复位的单作用活塞式汽缸。压缩空气从后缸盖 1 上的孔 7 进入无杆腔,推动活塞(连活塞杆)向右运动,复位靠预装的弹簧实现。有杆腔通过孔 5 保持和大气连通。这种汽缸在夹紧装置中使用比较广泛。

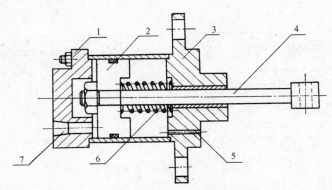

1—后缸盖;2—活塞;3—前缸盖;4—活塞杆;5—通气孔;6—复位弹簧;7—进排气孔

图 6.2　单作用活塞式汽缸结构原理图

3.拆装步骤及注意事项

在实训老师的指导下分组拆装单作用活塞式汽缸,拆装步骤及注意事项如下:

(1)仔细观察汽缸的外形,对照其结构原理图(如图 6.2 所示),分析工作原理,并分小组进行讨论。

(2)分清汽缸缸体与缸盖的连接形式,如图 6.3 所示,一般有拉杆连接、法兰连接、半环连接和螺纹连接。

（3）在拆解汽缸时，根据不同的连接形式，使用相应的工具，如内六方扳手、螺丝刀及活动扳手等，松开缸体与缸盖的连接。通常为了便于操作，可只卸下前缸盖。

（4）把活塞（连活塞杆）取出，注意各处受力应均匀，避免卡死。

（5）取下复位弹簧和活塞上的密封圈。

（6）观测整个汽缸的内部结构，分析工作原理。

（7）装配汽缸时，应先对各部件进行清洁（可用柴油或煤油清洗），并在活塞圆周面上涂油脂，保证和缸体相对运动表面的润滑。装上密封圈后，应用手沿圆周方向旋转数圈，如采用带唇口的密封圈，还应注意安装方向。

（8）把活塞（连活塞杆）装入缸体中，可使用铜棒轻敲，应注意各处受力均匀。

（9）把前缸盖装上后进行固定。

（10）拆卸过程中，遇到元件卡住的情况时，不要乱敲硬砸，请指导老师来解决。

（11）装配时，遵循先拆的部件后安装，后拆的零部件先安装的原则，正确合理地安装，安装完毕后应用手拉动活塞，后松手复位，连续数次，检查是否工作正常、没有卡死现象。

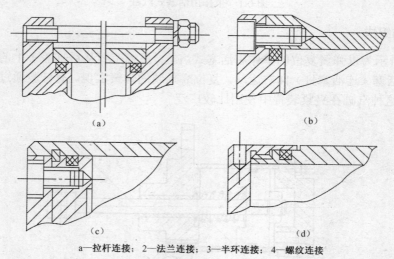

（a）　　　　　　　　　　　　（b）

（c）　　　　　　　　　　　　（d）

a—拉杆连接；2—法兰连接；3—半环连接；4—螺纹连接

图 6.3　缸体与缸盖的连接形式

4．阅读材料

单作用汽缸的优点是耗气量比较少，约为双作用汽缸的一半。其结构简单，管路连接少，控制汽缸工作的换向阀结构简单。缺点是复位弹簧的存在，增大了汽缸尺寸，而且动作时需要耗费一定的能量来克服弹簧力。此类汽缸不适宜于长行程的场合，输出力也不大，一般只有 40～6000N。

单作用活塞式汽缸广泛应用在机械手、火车制动结构、数控加工中心主轴松/夹刀机构上。

6.2.2 双作用单活塞杆式汽缸

1. 认识双作用单活塞杆式汽缸

图 6.4 所示为双作用单活塞杆式汽缸，其结构原理图如图 6.5 所示，图形符号参照主教材表 9.1。双作用汽缸有两个进（出）气口，活塞（连活塞杆）的运动都是依靠压缩空气作用在活塞上的压力来实现的。在工程上，双作用活塞式汽缸的应用更为广泛。

图 6.4 双作用活塞式汽缸

2. 结构组成

图 6.5 所示为双作用单活塞杆式汽缸。活塞在两个方向上的运动都是依靠压缩空气的作用实现的。当压缩空气从孔 7 进入时，推动活塞向左运动，左腔的气体从孔 8 排出到大气。当压缩空气从孔 8 进入时，活塞反向运动。

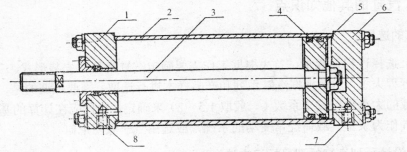

1—前缸盖；2—缸筒；3—活塞杆；4—密封圈；5—活塞；6—后缸盖；7、8—进排气孔

图 6.5 双作用单活塞杆式汽缸结构原理图

3. 拆装步骤及注意事项

在实训老师的指导下分组拆装双作用单活塞杆式汽缸，拆装步骤及注意事项如下：

（1）仔细观察汽缸的外形，对照其结构原理图（如图 6.5 所示），分析工作原理，并分小组讨论。

（2）分清汽缸缸体与缸盖的连接形式，如图 6.3 所示，一般有拉杆连接、法兰连接、半环连接和螺纹连接。

（3）在拆解汽缸时，根据不同的连接形式，使用相应的工具，如内六方扳手、螺丝刀及活动扳手等，松开缸体与缸盖的连接。通常为了便于操作，可只卸下前缸盖。

（4）把活塞（连活塞杆）取出，注意各处受力应均匀，避免卡死。

（5）取下活塞上的密封圈。

（6）观察整个汽缸的内部结构，分析工作原理。

（7）装配汽缸时，应先对各部件进行清洁（可用柴油或煤油清洗），并在活塞圆周面上涂油脂，保证和缸体相对运动表面的润滑。装上密封圈后，应用手沿圆周方向旋转数圈，如采用带唇口的密封圈，还应注意安装方向。

（8）把活塞（连活塞杆）装入缸体中，可使用铜棒轻敲，应注意各处受力均匀。

（9）把前缸盖装上后进行固定。

（10）拆卸过程中，遇到元件卡住的情况时，不要乱敲硬砸，请指导老师来解决。

（11）装配时，遵循先拆的部件后安装，后拆的零部件先安装的原则，正确合理地安装，安装完毕后应用手拉动及回推活塞，后松手复位，连续数次，检查是否工作正常、没有卡死现象。

4．阅读材料

双作用单活塞杆式汽缸有如下特点：当向汽缸两腔分别提供压力相等的压缩空气时，活塞杆在两个方向上的输出力是不相等的。当向汽缸两腔分别提供流量相等的压缩空气时，活塞杆在两个方向上的运动速度是不相等的。当采用差动连接（两腔同时接通气源）时，还可实现快速进给的作用。故此类汽缸可应用在两个方向需要的压力不等，运动速度不等的场合，如快速定位夹紧装置等。

6.2.3　汽缸的其他知识点

1．汽缸的选用

标准汽缸选择过程一般是：首先根据工作需要确定汽缸类型、安装形式、工作压力、汽缸内径和行程大小，然后根据汽缸系列和产品样本进行选取。需要强调的是，工作压力应根据外负载的大小乘以安全系数（一般取1.5～2）来确定，行程应在计算的基础上再加上10～20mm作为余量，载荷经常变动的系统，应选用气—液阻尼缸

2．联合设计系列汽缸的型号标记方法

QG系列代号　缸径×行程—安装形式代号。其中QG表示汽缸；系列代号有"A（无缓冲普通汽缸）、B（细杆缓冲汽缸）、C（粗杆缓冲汽缸）、D（气—液阻尼缸）、E（回转汽缸）"；安装形式包括"F（法兰式）、S（尾部单耳式）、G（脚架式）、B（中间摆动式）"。

3．缸体和缸盖的连接形式

（1）拉杆连接：优点是结构简单、便于拆装；缺点是外形尺寸大和重量大，通常无缓冲普通汽缸、细杆缓冲汽缸等都采用这种连接形式。

（2）法兰连接：优缺点类似于拉杆式，常用于铸造或焊接的汽缸体上。

（3）半环连接：优点是结构紧凑、重量轻，缺点是制造工艺复杂，成本较高，且会削弱缸体强度。通常粗杆缓冲汽缸采用这种连接方式。

（4）螺纹连接：优点是外形尺寸小，重量轻，缺点是结构复杂。

4．汽缸使用时的注意事项

（1）环境及介质温度为−35～80℃，工作压力为 0.2～0.8MPa。

（2）安装前，应检测有无漏气现象，通常可在 1.5 倍工作压力下进行实验。

（3）装配时，相对运动部件的工作表面应加涂润滑脂，并前置设油雾器（无油润滑汽缸除外）。

（4）应注意密封圈的安装方法，带唇口的密封圈唇口应向高压方向。

（5）为保护汽缸，一般不满行程、超负荷使用，并应设置缓冲装置。

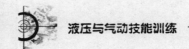

实训 7　气动基本回路组装

7.1　实训准备

气动系统中有五种最基本的控制回路：压力控制回路、速度控制回路、方向控制回路、位置控制回路和逻辑回路。尽管气动系统形式多样，但都可把每一个系统分解成具有各种特定功能的基本气动回路。本章节选择前三种基本回路，希望能给同学们举一反三的效果。

7.1.1　实训目的

（1）加深对各类基本回路的理解。
（2）理解各类气动元器件的功用及工作原理。
（3）能根据要求设计、组装相应的气动基本回路。

7.1.2　实训设备

FESTO 气动系统教学实验台。

7.1.3　实训要求

（1）实训前认真预习，掌握各类气动基本回路的工作原理，对其结构组成有一个基本的认识。
（2）针对不同的气动基本回路，选择相应的气动元件，严格按照实训步骤进行，严禁违反操作规程进行私自组装。
（3）实训中掌握气动基本回路的结构组成、工作原理，记录有关的现象以及数据，认真准确填写实训报告。

7.2　实训内容

在实训老师的指导下，严格按照实训步骤，分组找出相应的元器件，组装以下三种气动回路，并记录有关的现象以及数据。

7.2.1　二次压力控制回路

图 7.1 所示为二次压力控制回路，它是每台气动装置的气源入口处的压力调节回路。压缩空气从气源装置出来后，经过过滤器、减压阀、油雾器后，供给相应的气动

设备使用。

1. 工作原理

利用减压阀的作用，调节压缩空气的压力，以满足系统的需要。

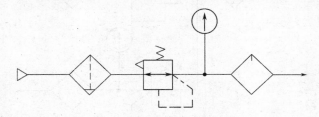

图 7.1　二次压力控制回路

2. 实训步骤

（1）按照实训回路图的要求，取出对应的气动元件，并检查型号是否正确。

（2）将检查完毕性能完好的气动元件安装在实验台面板的合理位置上，通过快换接头和气管按回路要求连接（如图 7.2 所示）。

图 7.2　二次压力控制回路实物连接

（3）为了系统能建立压力，活塞杆处应施加一定的负载。

（4）把减压阀的旋钮拧到最低，使阀芯开口最小。

（5）经指导老师检查后，接上气源。

（6）通过压力表读数，旋动减压阀的旋钮，调节出不同的工作压力。

（7）按照图 7.3 所示，连接相应回路。

（8）实训完毕，拆解回路，并做好元件保养和场地卫生工作。

观察实训中各元件的顺序动作，记录并填写实训报告。

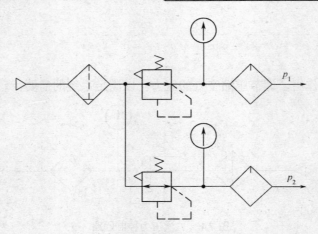

图 7.3　二次压力控制回路（多级压力控制）

7.2.2　单作用汽缸的换向回路

图 7.4 所示为单作用汽缸的换向回路，它是手动控制活塞杆运动方向的回路。

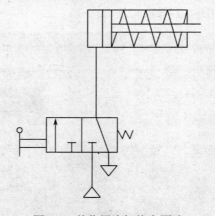

图 7.4　单作用汽缸换向回路

1．工作原理

当按下手动控制按钮时，换向阀工作在左位，压缩空气进入左腔，推动活塞（连活塞杆）向右移动。松开按钮时，在弹簧力的作用下，汽缸复位。

2．实训步骤

（1）按照实训回路图的要求，取出对应的气动元件，并检查型号是否正确。

（2）将检查完毕性能完好的气动元件安装在实验台面板合理位置，通过快换接头和气管按回路要求连接（如图 7.5 所示）。

（3）为了系统能建立压力，活塞杆处应施加一定的负载。

（4）经指导老师检查后，接上气源。

（5）反复按下和松开按钮，观察活塞杆运动情况。注意转换频率不宜过高。

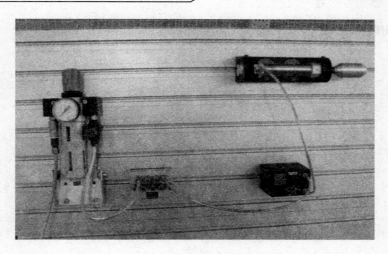

图 7.5　单作用汽缸换向回路实物连接

（6）按照图 7.6 所示，连接相应回路。

（7）实训完毕，拆解回路，并做好元件保养和场地卫生工作。

（8）分析：如未按下按钮，活塞杆伸出，按下时，活塞杆退回，可能是什么原因造成的？

观察实训中各元件的顺序动作，记录并填写实训报告。

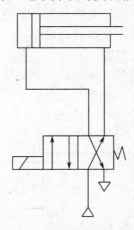

图 7.6　用汽缸换向回路（电磁阀控制）

7.2.3　单向调速回路

图 7.7 所示为单向供气节流调速回路，它是通过节流阀的控制作用，调节进入汽缸的气体流量，以此控制汽缸运动速度的回路。

1．工作原理

当换向阀工作在左位时，压缩空气通过单向节流阀后进入汽缸左腔，此时单向阀关闭，节流阀起控制气体流量的作用。当换向阀工作在右位时，压缩空气进入汽缸右腔，左腔的气体经单向阀后排出。

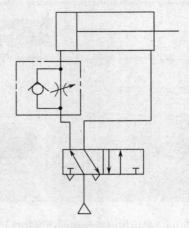

图 7.7　单向供气节流调速回路

2．实训步骤

（1）按照实训回路图的要求，取出对应的气动元件，并检查型号是否正确。

（2）将检查完毕性能完好的气动元件安装在实验台面板的合理位置上，通过快换接头和气管按回路要求连接。

（3）为了系统能建立压力，活塞杆处应施加一定的负载。

（4）把节流阀的旋钮拧到最低，使其开口最小。

（5）经指导老师检查后，接上气源。

（6）旋动节流阀上的旋钮，调节气体流量，观察活塞杆运动的速度变化。

（7）按照图 7.8 所示，连接相应回路。

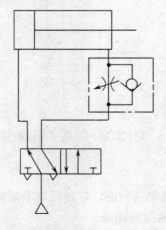

图 7.8　单向排气节流调速回路

（8）实训完毕，拆解回路，并做好元件保养和场地卫生工作。

观察实训中各元件的顺序动作，记录并填写实训报告。

附录 A　实训报告册

实 训 报 告

项目名称：实训 1

液压泵的拆装

班级：	姓名：	学号：	日期：
液压泵名称：			
拆装步骤：			
零件列表：			
拆装过程中所遇到的问题及解决方法：			
心得体会：			

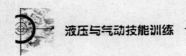

实 训 报 告

项目名称：实训 2

液压控制阀的拆装

班级：	姓名：	学号：	日期：

液压控制阀名称：
拆装步骤：
零件列表：
拆装过程中所遇到的问题及解决方法：
心得体会：

实 训 报 告

项目名称：实训 3

液体流动状态的判定

班级：	姓名：	学号：	日期：

液体流动状态的分类：

1	2	3

实训步骤：

数据处理：（临界雷诺数取 2320）

观测流动状态	流量（m³/s）	管径（mm）	运动黏度（mm²/s）	流动速度（m/s）	雷诺数	判定流动状态	是否与观察结果一致
层流							
过渡流态			46				
紊流							

实训所遇到的问题及解决方法：

心得体会：

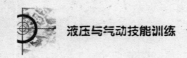

实 训 报 告

项目名称：实训 4

液压基本回路组装

班级：	姓名：	学号：	日期：
液压基本回路的分类：			
1	2	3	
实验步骤：（依据回路选择元器件，并进行组装）			
画出基本回路的示意图：			
实训所遇到的问题及解决方法：			
心得体会：			

实 训 报 告

项目名称：实训 5

认识气源装置

班级：	姓名：	学号：	日期：
气源装置的作用：			

实训步骤：

画出气源装置的示意图，并说明其主要组成部件：

实训所遇到的问题及解决方法：

心得体会：

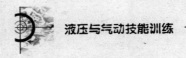

实 训 报 告

项目名称：实训 6

汽缸的拆装

班级：	姓名：	学号：	日期：

汽缸的作用：

拆装步骤：

零件列表：

拆装过程中所遇到的问题及解决方法：

心得体会：

实 训 报 告

项目名称：实训 7

气动基本回路组装

班级：	姓名：	学号：	日期：

气动基本回路的分类：		
1	2	3

实验步骤：（依据回路选择元器件，并进行组装）

画出基本回路的示意图：

实训所遇到的问题及解决方法：

心得体会：

附录B 图 片

图 B.1　FESTO 工业自动线实验装置

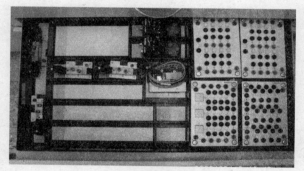

图 B.2　FESTO 气动元件（1）

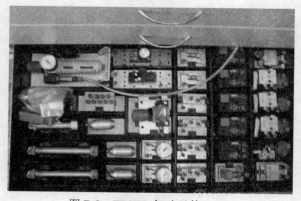

图 B.3　FESTO 气动元件（2）

图 B.4　FESTO 气动组件

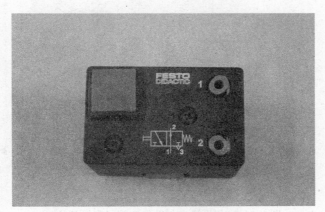

图 B.5　二位三通手动换向阀

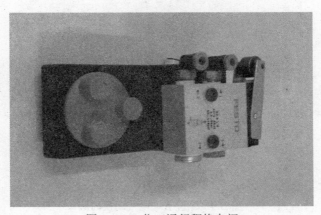

图 B.6　二位三通行程换向阀

图 B.7　二位五通带卡位换向阀

图 B.8　二位五通电气动换向阀（弹簧复位）

图 B.9　二位五通电气动换向阀

图 B.10 二位五通气动换向阀

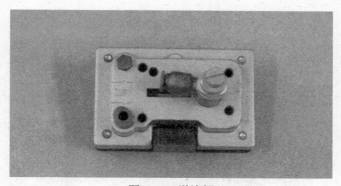

图 B.11 溢流阀

图 B.12 压力表

图 B.13 减压阀

图 B.14 实验台

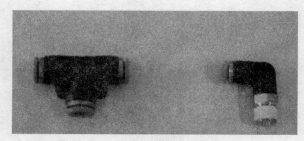

图 B.15 快速连接管接头

参考文献

[1] 马春峰. 液压与气动技术. 北京：人民邮电出版社，2007.12.

[2] 张安全，王德洪. 液压气动技术与实训. 北京：人民邮电出版社，2007.4.

[3] 胡海清. 气压与液压传动控制技术基本常识. 第2版. 北京：高等教育出版社，2005.6.

[4] 丁树模，周骧平. 液压传动. 第2版. 北京：机械工业出版社，2002.1.

[5] 许福玲，陈尧明. 液压与气压传动. 第3版. 北京：机械工业出版社，2007.6.

[6] 张利平. 液压气动技术速查手册. 北京：化学工业出版社，2007.3.

[7] 徐永生. 气压传动. 第2版. 北京：机械工业出版社，2000.10.

[8] SMC（中国）有限公司编. 现代实用气动技术. 第2版. 北京：机械工业出版社，2003.10.

读者意见反馈表

书名：液压与气动技能训练　　　　　　主编：孙名楷　　　　　　策划编辑：白　楠

> 　　谢谢您关注本书！烦请填写该表。您的意见对我们出版优秀教材、服务教学，十分重要。如果您认为本书有助于您的教学工作，请您认真地填写表格并寄回。**我们将定期给您发送我社相关教材的出版资讯或目录，或者寄送相关样书。**

个人资料

姓名_____年龄_____联系电话_____（办）_____（宅）_____（手机）

学校_____专业_____职称/职务_____

通信地址_____邮编_____E-mail_____

您校开设课程的情况为：

本校是否开设相关专业的课程　□是，课程名称为_____　□否

您所讲授的课程是_____课时_____

所用教材_____出版单位_____印刷册数_____

本书可否作为您校的教材？

□是，会用于_____课程教学　　□否

影响您选定教材的因素（可复选）：

□内容　　　　□作者　　　　□封面设计　　□教材页码　　　□价格　　　　□出版社

□是否获奖　　□上级要求　　□广告　　　　□其他_____

您对本书质量满意的方面有（可复选）：

□内容　　　　□封面设计　　□价格　　　　□版式设计　　　□其他_____

您希望本书在哪些方面加以改进？

□内容　　　　□篇幅结构　　□封面设计　　□增加配套教材　□价格

可详细填写：_____

_____

您还希望得到哪些专业方向教材的出版信息？

_____

感谢您的配合，可将本表按以下方式反馈给我们：

【方式一】电子邮件：登录华信教育资源网（http://www.hxedu.com.cn/resource/OS/zixun/zz_reader.rar）下载本表格电子版，填写后发至 ve@phei.com.cn

【方式二】邮局邮寄：北京市万寿路 173 信箱华信大厦 902 室 中等职业教育分社 （邮编：100036）
如果您需要了解更详细的信息或有著作计划，请与我们联系。

电话：010-88254475；88254591

反侵权盗版声明

电子工业出版社依法对本作品享有专有出版权。任何未经权利人书面许可，复制、销售或通过信息网络传播本作品的行为；歪曲、篡改、剽窃本作品的行为，均违反《中华人民共和国著作权法》，其行为人应承担相应的民事责任和行政责任，构成犯罪的，将被依法追究刑事责任。

为了维护市场秩序，保护权利人的合法权益，我社将依法查处和打击侵权盗版的单位和个人。欢迎社会各界人士积极举报侵权盗版行为，本社将奖励举报有功人员，并保证举报人的信息不被泄露。

举报电话：（010）88254396；（010）88258888
传　　真：（010）88254397
E-mail：　dbqq@phei.com.cn
通信地址：北京市万寿路 173 信箱
　　　　　电子工业出版社总编办公室
邮　　编：100036